당신의 삶,
이미 완전한

헤르만 헤세

현자의
숲

당신의 삶,
이미 완전한

1판 1쇄 발행   2017년 4월 5일

지은이	헤르만 헤세
옮긴이	번역공동체 계절
펴낸곳	현자의숲
전화	02) 2646-8276
등록	2011년 7월 20일 제 313-2011-204호
주소	서울시 강서로 33가길 18
E-mail	goodbook2011@naver.com

ISBN   979-11-86500-13-2 (03850)

싯다르타를 키운 것

내 영혼의 샘

고통의 사슬

명상, 일시적 마비

붓다의 선물

우리가 정작 모르는 것

사유와 감각, 그 비밀의 소리

빼앗을 수는 없는 것

더욱 훌륭한 일

누구의 밥을 먹고 사는가

자신의 궤도를 가진 별처럼

옹기장이의 물레

인생의 가을이 두려운가

어리석은 장난, 소유

거룩한 스승

여행자의 걸림돌

강에는 현재만 있다

변함없이 유용한 사상

이 길을 걷지 않는 사람이 있을까

생명의 흐름, 지혜의 즐거움

모든 존재를 사랑하고 경탄하라

싯다르타를 키운 것

싯다르타를 키운 건 나룻배가 떠 있는 햇볕이 내리쬐는 강, 사라수 숲, 무화과나무, 그리고 가문이었다. 싯다르타는 바라문의 아들로 역시 바라문의 아들인 친구 고빈다와 함께 자라났다.

강물에서 목욕재계하고 제를 지낼 때면 햇볕에 빛나는 어깨가 검게 그을렸다. 망고나무 숲에서 친구들과 놀거나 어머니가 노래를 부를 때, 신성한 제를 올리고 아버지에게 가르침을 받거나 현자와 대화를 나눌 때면 검은 눈에 그림자가 밀려들었다.

싯다르타는 고빈다와 함께 토론과 성찰과 명상을 배웠다. 싯다르타는 말 중의 말인 '옴'을 소리 없이 내는 법을 터득했다. 영혼을 집중해 명확하게 사고하는 정신의 빛이 이마를 에워싸면 숨을 들이마시는 동안 안으로 소리 내지 않고 말했으며 숨을 내쉬는 동안에도 밖으로 소리 내지 않고 말했다. 자신의 존재 깊숙이 우주이자 불멸의 존재인 아트만이 느껴졌다.

학구열을 불태우며 빠르게 배워나가는 아들의 모습에 아버지의 가슴은 기쁨으로 두근거렸다. 아들이 위대한 현자나 사제, 바라문 가운데 우두머리로 자라나리라 생각했다. 강하고 아름다운 아들이 걷거나 앉고 서고 거닐고 자기에게 경의를 표하는 모습을 볼 때마다 어머니의 가슴도 더없는 행복으로 물들었다.

얇은 입술에 왕처럼 당당한 눈빛, 어둠 속에서 빛나는 이마의 싯다르타가 마을 골목길을 따라 걷고 있는 모습을 볼 때면 바라문의 젊은 딸들의 가슴은 사랑으로 물결쳤다.

하지만 누구보다 싯다르타를 사랑한 사람은 친구 고빈다였다. 그는 싯다르타의 눈빛과 감미로운 목소리, 걸음걸이와 완벽한 예의를 갖춘 몸짓, 싯다르타가 하는 일과 말을 모두 좋아했다. 하지만 고매한 사상과 열정적인 의지, 높은 사명감 깃든 그의 영혼을 가장 사랑했다.

싯다르타가 평범한 바라문이나 부패한 제관, 탐욕스런 상인, 허영심 많은 연사, 비열하고 부정직한 사제, 순하지만 어리석은 수많은 양떼 가운데 한 마리가 되지 않을 것임을 고빈다는 알고 있었다. 고빈다 역시 그저 그런 바라문 중 하나가 되고 싶지는 않았다. 싯다르타가 신의 경지에 이르러 영광스러운 자리에 오를 때 친구이자 동료, 하인이자 호위무사로 그림자처럼 따르고 싶었다.

내 영혼의 샘

물은 물일 뿐, 죄를 씻어내지도, 영혼의 갈증을 해소하지도 못한다. 자신의 근원적인 샘을 찾아 자기 것으로 만들어야 한다.

싯다르타는 모두의 사랑을 받았다. 그는 모두를 즐겁게 해주는 기쁨의 근원이었다. 하지만 정작 자신에게는 기쁨을 주지 못했다. 무화과정원의 장밋길을 거닐거나 명상에 빠져 푸른 숲 그늘에 앉아 있을 때, 매일같이 참회하며 팔다리를 씻을 때, 망고나무 숲 그늘에서 제사를 지낼 때, 예의바른 몸짓으로 모든 사람의 사랑을 받고 기쁨이 되어도 정작 자신은 아무 기쁨도 얻지 못했다.

온갖 꿈과 끊임없는 생각이 마음속 강물을 타고 흘러오고, 별빛에 반짝이다 햇살에 녹아내려왔다. 꿈들과 영혼의 초조함이 제사의 향연처럼, 리그베다의 시에서 피어오르는 연기처럼, 늙은 바라문들의 가르침에서 떨어지는 방울처럼 그의 가슴에 스며들었다.

싯다르타는 가슴속에 불만을 품기 시작했다. 아버지와 어머니, 친구 고빈다의 사랑이 영원히 그를 행복하게 해주지 못함을 느끼게 된 것이다. 존경하는 아버지도 다른 지혜로운 바라문들도 지혜 중의 지혜를 그에게 전해주었고, 지식을 그의 그릇에 넘치도록 부어주었는데도 정신은 만족하지 못하고 영혼은 진정되지 않고 심장은 흡족하지 않았다.

목욕재계를 해도 물은 물일 뿐, 죄를 씻어내지 못했다. 물은 영혼의 갈증을 해소하지 못했으며, 마음속 두려움도 덜어주지 않았다. 신을 향한 제사와 기도도 마찬가지였다.

'제사가 행복한 미래를 가져다줄까? 그것이 신들과 상관이 있을까? 정말 프라야파티가 세상을 창조했을까? 유일신 아트만에 의해 창조된 것이 아닐까? 신들도 창조주가 아니라 인간처럼 창조되어 시간의 영향을 받는 필멸의 존재가 아닐까? 그런데도 신에게 제사를 올리는 것이 옳고 숭고한 일일까? 제사를 지내고 숭배할 존재가 유일자 아트만 말고 또 있단 말인가? 어디서 아트만을 찾을 수 있는가? 어디에 존재하며 어디서 영원한 심장소리가 울리고 있는가? 모든 이가 저마다 불멸의 자아 속에 있는 것은 아닐까? 자아는 어디에 존재하는가? 현자들은 그곳이 살이나 뼈도 아니고, 생각이나 의식 속도 아니라고 가르쳤다. 그러면 어디에 있는 것인가? 자아에 다다르는 길은 있는가?

아버지도, 스승들도, 다른 현자들도, 성스러운 제사의 주문도 그 길을 알지 못했다! 바라문들과 그들의 신성한 책들은 모든 것을 알고 있었다. 그들은 모든 것에 마음을 쓰고 그 이상으로 주의를 기울였다. 세계의 창조, 언어와 음식과 숨을 들이마시고 내쉬는 것의 기원, 감각의 배열, 신들의 행위 등 그들은 헤아릴 수 없이 많은 것을 알고 있었다. 하지만 가장 중요한 것을 알지 못한다면 이 모든 것을 아는 것이 무슨 의미가 있는가?

사마베다의 우파니샤드에는 이렇게 씌어 있다.

『네 영혼이 온 세계다.』

『인간이 깊은 잠에 빠졌을 때 자신의 가장 내밀한 부분과 만나며 아트만 속에 살 수 있게 된다.』

이 시들에는 경탄할 만한 지혜가 담겨 있고, 벌들이 모은 꿀처럼 현자들의 모든 지식이 마법의 언어로 모여 있다. 오랜 세월 지혜로운 바라문들이 수집해 보전한 지식이므로 누구도 가볍게 넘길 수는 없을 것이다.

'그러나 이 심오한 지식을 생활에서 체험한 바라문이나 승려들, 현자나 참회자들이 있는가? 아트만 속에 잠자고 있는 것을 생활로 인도하고 매순간 깨어 있는 상태로 구현한 해탈자가 있는가?'

싯다르타는 존경할 만한 숱한 바라문을 알고 있었다. 아버지를 누구보다 잘 알고 있었다. 침착하고 고결했으며 순수하고 지혜로웠다. 이마에도 숭고한 사상이 빛나고 있었다.

'그런 아버지는 행복하고 평화롭게 생활하고 있는가? 여전히 탐구하고 갈망하는 사람에 지나지 않는가. 신성한 샘에서, 제를 올려서, 책을 읽어서, 바라문들과의 대화를 통해 갈증을 풀어야 했던 것이 아니었을까? 왜 흠잡을 데 없는 아버지가 날마다 죄를 씻어내야 하는가? 왜 날마다 스스로 정화하려고 애쓰는가? 마음속 샘의 원천이 메마른 것은 아닌가? 인간은 자신의 근원적인 샘을 찾아 자기 것으로 만들어야 한

다! 그 밖의 모든 것은 그저 탐색이고 둘러가는 것이며 길을 잃고 헤매는 것이다.'

싯다르타에게 이 모든 것은 갈증이고 괴로움이었다. 그는 이따금 찬도기아 우파니샤드에 있는 말을 외기도 했다.

'바라문의 이름은 진리다. 이것을 아는 사람은 날마다 하늘 세상에 이를 것이다.'

싯다르타는 가끔 하늘세상이 가까워오는 것처럼 느꼈다. 하지만 그는 그곳에 다다라 본 적도 없었고 궁극적인 갈증도 풀어보지 못했다. 그에게 가르침을 전해 준 현명한 사람 중 누구도 하늘세상에 완전히 이르지 못했고, 그 영원한 갈증을 완전히 풀어주지도 못했다. 싯다르타가 친구 고빈다에게 말했다.

"나와 함께 보리수 아래로 가서 명상하세."

싯다르타가 앉자 고빈다는 스무 걸음 떨어진 곳에 앉았다. 싯다르타는 속으로 시를 읊었다.

『'옴'은 활이요, 마음은 화살이다. 바라문은 화살의 과녁이니 바로 쏘아라.』

명상이 끝나자 고빈다가 일어났다. 목욕할 시간이 되자 그는 싯다르타를 불렀다. 싯다르타는 앉은 채로 명상에 잠겨 있었다. 눈은 아주 먼 곳에 고정되어 있고 치아 사이로 혀끝이 살짝 보이는데 숨을 쉬고 있지 않은 것처럼 보였다. 명상에 잠겨 '옴'을 생각하고, 영혼을 발문의 과녁으로 쏘아 올리며 앉아 있었다.

고통의 사슬

수없이 자아에서 벗어나 짐승 속에, 돌 속에 머물기도 했지만, 결국 자아로 되돌아와 다시 윤회의 고통스런 사슬에 얽매였다.

어느 날 싯다르타가 살고 있는 거리에 수행승들이 왔다. 순례를 다니는 창백하고 초췌한 세 고행자는 늙지도 젊지도 않은 나이에 어깨는 먼지와 피투성이였으며 헐벗고 햇볕에 그을어 있었다. 고독에 싸인 채 인간세상에 어두워 여윈 자칼 떼 같았다. 열정과 희생과 봉사와 극기의 향기가 은은하게 풍겨나왔다. 저녁명상을 마치고 싯다르타가 고빈다에게 말했다.

"내일 아침 일찍 수행승들에게 가려고 해. 나는 수행승이 되려네."

고빈다의 얼굴은 마른 바나나 껍질처럼 하얘졌다. 고빈다는 싯타르타의 표정에서 시위를 떠난 화살처럼 돌릴 수 없는 결의를 보았다. 싯다르타가 자신의 길을 가고 말 것임을 알았다. 고빈다는 싯다르타의 새로운 운명이 움트는 동시에 자기 운명도 움트는 것을 직감했다.

"아버님께서 허락하실까?"

싯다르타도 현자의 눈으로 고빈다의 마음을 꿰뚫어보고 그가 불안을 느끼면서도 자기 뒤를 따를 것을 알아차렸다.

"아무튼 나는 내일 새벽부터 수행을 시작할 거야. 더 이상 이러니저러니 말하지 않는 것이 좋겠네."

싯다르타는 아버지 방으로 들어갔다. 돗자리 위에 앉아 있는 아버지 뒤로 가서 섰다.

"무슨 일이냐?"

"내일 집을 떠나 고행자들한테 가겠습니다. 수행승이 되고자 하오니 허락해 주시기 바랍니다."

아버지는 아무 말도 하지 않았다. 들창에 비친 별들이 자리를 옮길 때까지 침묵은 계속되었다. 아들은 팔짱을 낀 채로 움직이지 않고 서 있었고, 아버지는 돗자리 위에 움직이지 않고 묵묵히 앉아 있었으며, 별들은 하늘길을 따라 흘러가고 있었다. 이윽고 아버지가 말문을 열었다.

"바라문이 화를 내선 안 되지만, 참을 수가 없구나. 다시는 그런 말을 하지 말거라."

아버지가 자리에서 일어났는데도 싯다르타는 두 손을 모은 채 계속 서 있었다.

"뭘 기다리고 있는 것이냐?"

"알고 계시지 않습니까?"

아버지는 박차고 나와 침실로 가서 누웠다. 한 시간이 지나도 잠이 오지 않아 일어나 서성거리다 밖으로 나왔다. 조그만 창문으로 팔짱을 낀 채 서 있는 아들이 보였다. 예복이 빛나고 있었다. 아버지는 불안한 마음으로 침실로 되돌아왔다. 잠을 이루지 못해 다시 일어나 방 안을 왔다 갔다 하다가 뜰에 나와 달을 쳐다보았다. 다시 창문을 들여다보았다. 아들은 여전히 팔짱을 끼고 꼼짝하지 않고 있었다. 달빛이 종아리에서 반사되고 있었다. 한 시간 뒤 다시 가보고 두 시간 뒤에도 가보았다. 처음에는 달빛 속에, 다음에는 별빛 속에, 그 다음에는 어둠 속에 서 있는 싯다르타가 보였다. 같은 자리에 그대로 서 있는 아들을 보면서 분노와 불안, 괴로움과 슬픔에 휩싸였다. 새 날이 시작되기 전 그는 방으로 걸어 들어가 젊은이를 바라보았다. 키가 크고 낯설었다.

"무엇을 기다리고 있느냐?"

"아시지 않습니까?"

"아침이 오고 낮이 되고 저녁이 될 때까지 그렇게 서서 기다릴 작정이냐?"

"서서 기다리겠습니다."

"피곤해 못 견딜 게다."

"피곤해지겠지요."

"잠들어 버리고 말 거야."

"잠들지 않을 겁니다."

"그러다 죽고 만다."

"그럴 테지요."

"내 말을 따르느니 차라리 죽겠다는 것이냐?"

"아버지 말씀에 늘 순종해 왔습니다."

"이젠 순종하지 않겠다는 것이냐?"

"아버지 분부대로 하겠습니다."

아침햇살이 방 안에 들었다. 아버지는 싯다르타의 무릎이 가볍게 떨리는 것을 보았다. 하지만 얼굴은 아무 동요도 없고 두 눈은 먼 곳을 뚫어지게 바라보고 있었다. 아버지는 비로소 싯다르타가 그에게서 떠나 있음을 깨달았다. 그리고 아들의 어깨를 가만히 짚었다.

"산으로 가서 수행승이 되거라. 축복을 받게 되면 돌아와 나에게도 가르쳐 다오. 실망하더라도 다시 돌아오너라. 나와 다시 신들께 제사를 드리자꾸나. 어머니에게 가서 입을 맞추고 가는 곳을 알려드려라. 나는 강에 가서 목욕할 시간이구나."

아버지가 나간 후 싯다르타는 몸을 일으키려고 했지만 몸이 한쪽으로 비틀거렸다. 몸을 겨우 가누고 아버지에게 인사를 드린 뒤 어머니에게 가서 이별의 키스를 했다.

싯다르타는 아침햇살을 받으며 잠든 마을을 떠났다. 마을을 막 벗어나려는데 웅크리고 있던 그림자가 일어나더니 싯다르타를 따랐다. 고빈다였다.

"자네가 왔군."

"그래, 나도 왔네!"

둘은 수행승들을 따라잡았다. 동료가 되겠다면서 순종하겠다고 했다. 수행승들은 두 사람을 받아들였다.

싯다르타는 거리에서 만난 가난한 바라문에게 옷을 벗어 주었다. 자신은 도티와 흙빛 망토 말고 아무것도 걸치지 않았다. 하루에 한 끼만 먹고 조리된 음식은 입에 대지 않았다.

28일간 단식하기도 했다. 허벅지와 볼이 쪼그라들고 퀭한 눈에서는 열정적인 꿈이 어른거렸고 가늘어진 손가락에서는 손톱이 길게 자랐으며 바싹 마른 수염이 텁수룩했다.

여자를 볼 때면 눈빛은 싸늘하게 변했다. 도시에서 잘 차려입은 사람들 사이를 걸을 때면 입은 경멸로 가득 차 씰룩거렸다. 거래하는 상인들, 사냥하는 왕자들, 죽은 이를 위해 통곡하는 조문객들, 몸 파는 창녀들, 환자를 치료하는 의사들, 씨뿌리기에 가장 좋은 날을 알려주는 사제들, 사랑하는 연인들, 아이에게 젖을 먹이는 엄마들을 보았다. 이 모든 것은 한번 들여다볼 가치도 없었다. 그것들은 모두 거짓으로 악취가 진동했다. 중요하고 기쁘고 아름답게 보이는 것은 썩어가는 모습을 숨기고 있는 껍데기에 불과했다. 세상은 쓴맛이 나고 삶은 고문 같았다.

싯다르타에겐 하나의 목표만 있었다. 바로 비우는 것이었다. 갈증을 비우고, 바람을 비우고, 망상을 비우고, 기쁨과 슬픔을 비우는 것. 자신을 죽이고, 더 이상 자신이 아니게 되며 마음을 비워 평정을 찾고 이타적인 생각 속에서 기적에 마음을 여는 것이 목표였다. 일단 자신을 극복하고 모든 욕망과 충동이 마음속에서 침묵하게 되면, 자기 존재의 가장 내밀한 부분이 깨어나 더 이상 자신이 아닌 위대한 비밀을 깨닫게 되는 것이다.

싯다르타는 내리쬐는 햇볕을 한몸에 받은 채 묵묵히 서 있었다. 피부가 벌겋게 달아오르고 목이 말라 상기되어 있으면서도 더 이상 어떤 고통이나 갈증이 느껴지지 않을 때까지 서 있었다. 우기에도 묵묵히 서 있었다. 머리칼에서 흘러내린 물이 얼어붙은 어깨를 타고 뚝뚝 떨어져 얼어붙은 엉덩이와 다리를 따라 흘러내렸지만, 추위가 느껴지지 않고 그것들이 침묵하며 차분해질 때까지 서 있었다.

그는 가시덤불 속에서 묵묵히 웅크리고 있기도 했다. 그럴 때면 화끈거리는 살갗에서는 핏방울이 떨어져 내렸으며, 곪은 상처에서는 고름이 흘렀다. 하지만 싯다르타는 더 이상 피가 흐르지 않고 쿡쿡 쑤시지 않으며, 화끈거리지 않을 때까지 뻣뻣하게 미동도 없이 머물렀다. 싯다르타는 반듯하게 앉아서 호흡을 조절하는 법을 배웠다. 거의 숨을 쉬지 않고 있는 법도 배우고, 숨을 멈추는 법도 배웠다. 그는 호흡법과 함께 심장박동을 진정시키는 법도 배웠다. 심장이 조금만 뛰거나 거의 뛰지 않을 때까지 박동수를 줄이는 법을 배웠다.

싯다르타는 수행승 가운데 최연장자에게 가르침을 받고, 수행승의 새로운 규칙에 따라 극기와 명상법을 수련했다. 왜가리 한 마리가 대숲 너머로 날아갔다. 싯다르타는 영혼 속으로 왜가리를 받아들여 왜가리가 되었다. 숲과 산 위를 날고 물고기를 잡아먹고, 때론 극심한 굶주림을 느꼈고, 왜가리의 울음소리로 말했으며, 왜가리처럼 죽었다. 죽은 자칼한 마리가 모래 비탈 위에 누워 있었다. 싯다르타의 영혼은 죽은 자칼의 사체 속으로 스며들어 비탈 위에 누워 있다가 부풀어 악취를 풍기고 하이에나에게 갈가리 찢기고 콘도르에 의해 가죽이 뜯겨 뼈다귀로 변했다가 먼지가 되고 들판으로 흩날렸다.

싯다르타의 영혼은 죽었다가 썩어서 먼지로 흩어져버리는 서글픈 윤회를 맛본 터라 새로운 갈증에 시달렸다. 윤회의 사슬에서 벗어나고 인과응보가 끝나며 고통 없는 영겁이 시작될 틈을 기다렸다. 감각을 죽이고 기억을 죽이고 수천 가지 형상 속으로 미끄러져 들어갔다. 형상은 짐승, 썩어가는 고깃덩이, 돌, 나무, 물이었다. 그러나 매번 깨어나면 다시 돌아와 있음을 발견했다. 태양과 달은 빛났고 윤회의 수레바퀴는 돌고 있었다. 갈증을 극복하면 또 갈증을 느꼈다.

싯다르타는 수행승들과 함께하면서 자신에게서 멀어지는 법을 배웠다. 자발적인 괴로움을 통해 고통과 허기, 갈증, 피로를 이겨냈다. 모든 관념이 무의미함을 마음속에 상상하는 일을 통해 극기하는 길을 갔다. 이밖에도 다른 길을 가는 법을 배워 수천 번이나 자신에게서 벗어나 몇 시간 또는 며칠씩 무아지경에 이르렀다.

그러나 자신에게서 벗어나는 길을 갔다가도 마지막엔 늘 자신에게로 되돌아오고 말았다. 수없이 자아에서 벗어나 무(無)의 경지에 머물렀다. 짐승 속에, 돌 속에 머물기도 했지만, 자아로 되돌아오는 것을 피할 수는 없었다. 햇빛과 달빛, 그늘과 빗속에서 자신을 발견했을 때, 다시 싯다르타가 되었고 윤회의 고통스런 사슬에 얽매였다.

명상, 일시적 마비

명상이란 인생의 고통과 무의미함을 잊으려는 일시적 마
비일 뿐. 배움으로 지식을 얻고자 욕망하는 것보다 해로운
적은 없다.

고빈다는 그림자처럼 싯다르타를 따르며 수도에 힘썼다.
봉사하고 수련하는 일에 필요한 말을 제외하고는 서로 말도
나누지 않았다. 자기들과 스승의 양식을 얻기 위해 함께 마
을에서 마을로 동냥하며 돌아다니기도 했다. 하루는 시주를
하다 싯다르타가 고빈다에게 물었다.

"우리가 정말 발전하고 있다고 생각하는가? 목적지에 이르
렀다고 할 수 있을까?"

"그동안 많이 배웠고 앞으로도 배우게 될 걸세. 자네는 위
대한 수행승이 될 거야. 늙은 수행승들도 감탄할 정도로 모
든 수련을 빠르게 익혔어. 언젠가 성자도 될 걸세."

"나는 그렇게 생각하지 않네. 지금까지 수행승들한테서 배
운 것들은 더 빠르고 더 간단하게 배울 수도 있었을 걸세. 음
란한 여자들이 득실거리는 술집이나 노동자들이나 도박꾼들
사이에서 좀 더 빠르고 간단히 배웠을 걸세."

"농담이 지나치네. 명상하고 호흡을 멈추며 굶주림과 고통
에 무감각해지는 법을 어떻게 그런 형편없는 자들에게서 배
울 수 있다는 건가?"

"명상이 뭔가? 육체를 버린다는 게 뭔가? 단식과 호흡중지란 뭔가? 모두 자기에게서 도피하는 것이네. 인생의 고통과 무의미함을 잊으려는 일시적인 마비에 지나지 않아. 그런 도피나 마취쯤은 소몰이꾼도 주막에서 막걸리를 몇 사발 마셔서 얻을 수 있네. 자신을 느끼지 않고, 살아가는 고통도 잊을 수 있지. 짧은 마비를 겪는 거지. 소몰이꾼이 막걸리 사발 위로 엎어져 곯아떨어지는 건, 우리가 오랜 수행을 통해 자기에 머물지 않고 육신으로부터 벗어나는 것과 같은 경지야."

"자넨 소몰이꾼이 아니야. 수행승이 취객도 아니고. 술꾼이 무감각 상태가 되고 잠시 자신에게서 벗어날 순 있겠지. 하지만 그가 망상에서 돌아왔을 땐 모든 것이 그대로인 걸 발견하게 될 걸세. 더 현명해진 것도 아니고 깨달음을 얻지도 못했으며, 몇 단계 높아진 것도 아니니까."

"나는 만취해 본 적이 없어 잘은 모르네. 하지만 나도 수련과 명상으로 무감각해지는 짧은 마비상태에 이르렀을 뿐, 어머니 자궁 속에 있는 아이처럼 깨달음이나 구원에서는 멀기만 하다네."

어느 날, 두 사람이 식량을 구하러 마을로 내려올 때 싯다르타가 말했다.

"우리가 지금 옳은 길을 가고 있는 건가? 깨달음에 가까이 다가가고 있긴 한가? 구원에 가까워지고 있나? 혹시 윤회의 사슬에서 벗어나고자 하면서 그 사슬 안에서 맴도는 것은 아닐까?"

"우리는 많이 배웠고 아직도 배울 게 많아. 우리는 윤회의 사슬을 맴도는 게 아니라 높은 세계를 향해 올라가고 있는 걸세. 윤회는 나선 모양이야. 이미 많은 계단을 올라왔네."

"우리가 존경하는 가장 늙은 수행승의 나이가 몇이나 된 것 같나?"

"예순은 되었겠지."

"그는 예순이나 되었는데도 열반에 이르지 못했네. 그는 오래지 않아 일흔이 되고 여든 살이 될 걸세. 자네와 나도 그들처럼 늙어가며 수도에 힘쓰면서 단식하고 명상에 잠길 걸세. 그래도 열반에는 이르지 못할 것 같네. 스승도, 우리도, 세상의 어느 수행승도 열반에 이르지 못할 것이네. 우리는 위안을 찾고 마비상태에 이르겠지. 스스로 속이는 기술을 배울 수도 있겠지. 하지만 진리의 길을 발견하진 못할 걸세."

"그렇게 무서운 말은 그만 하게. 그 많은 학자와 바라문, 금욕적이고 덕망 있는 수행승, 성자 가운데 어떻게 진리의 길을 찾은 사람이 하나도 없겠나?"

"머지않아 나는 수행의 길을 버리려고 하네. 나는 갈증에 시달리고 있어. 이 기나긴 수행의 길에서 내 목마름은 강렬하기만 하네. 언제나 지식에 목말랐고, 늘 의혹으로 가득 차 있어. 해마다 바라문들에게 물었네. 해마다 성스러운 베다에게 질문을 던지고 수행승들에게 헌신하며 물어보았지. 어쩌면 코뿔소나 침팬지에게 물었더라도 이만큼은 해냈을 테고, 이만큼은 똑똑해지고 유익했을 거야. 인간은 아무것도 배울 수 없다는 것을 배우기 위해 많은 시간을 들였지만, 아직도 만족스러운 해답을 얻지 못했네. 우리가 '배움'이라고 부르는 것이 실제로는 없는 것이지. 있는 것이라곤 지식뿐일세. 그건 모든 곳에 있어. 아트만은 내 안에, 자네 안에, 모든 창조물 안에 있다네. 지식을 얻고자 욕망하는 것보다 해로운 적은 없을 것이네."

순간 고빈다가 걸음을 멈추고 두 손을 들며 말했다.

"자네 말대로 배움이라는 것이 없다면 기도의 신성함이 어디 있으며 바라문의 권위는 또 어디 있겠나? 또 수행승을 어떻게 신성시할 수 있겠나? 신성하며 가치 있고 존중할 만한 것들은 어찌 되겠나!"

그러더니 우파니샤드의 한 구절을 읊었다.

『숙고하면서 정화된 영혼으로 아트만 속에 빠져드는 자, 그 마음에 말할 수 없는 행복이 깃들리라.』

싯다르타는 잠자코 있었다. 고빈다가 자기에게 한 말을 생각하고 생각하면서 그 말들의 의미를 종국적인 데까지 생각해 보았다.

'우리가 신성시하는 것 중에 무엇이 남아 있는가? 무엇이 신성함에 대한 시험을 견뎌낼 수 있지?'

그는 머리를 가로저었다.

두 젊은이가 수행승들 사이에서 생활하며 수련한 지 3년쯤 됐을까. 어떤 소문이 떠돌다가 그들에게도 들려왔다. '고타마'라고 불리는 남자가 나타났는데, 그는 세상의 고통을 극복하고 윤회의 수레바퀴를 멈춘 고귀한 존재, 바로 붓다라고 했다. 고행자의 노란 망토를 걸친 사람으로 소유물이나 집, 아내도 없이 제자들에게 둘러싸여 곳곳을 떠돌며 설교한다고 했다. 빛나는 이마를 가진 복된 사람으로 바라문과 왕자들이 그의 앞에서 머리를 숙이고 제자가 되고자 한다고 했다.

전설 같고 동화 같은 이야기가 향기처럼 퍼져 나갔다. 도시에서는 바라문들이, 숲에서는 수행승들이 그런 이야기를 했다. 고타마의 이름은 두 젊은이에게도 거듭 들려왔다. 호평과 혹평이 공존하고 있었다.

흑사병이 돌 때 말과 입김만으로도 치료하는 현자가 나타났다는 소문처럼 고타마에 대한 이야기가 향기처럼 사방으로 퍼져나갔다. 그는 더없는 깨달음을 지녔으며 전생을 기억하고 있을 뿐 아니라 열반에 이르러 다시는 윤회에 빠지는 일이 없을 것이고, 음침한 물질의 강물 속으로 잠기는 일도 결코 없을 거라고 했다. 그가 기적을 행한다느니, 악마를 꼼짝 못하게 했다느니, 신과 이야기를 주고받는다느니 하는 믿기지 않는 소문이 자자했다. 고타마를 적대시하거나 믿지 않는 자들은 그가 허무맹랑하고 사치에 빠져 제사를 멸시하고 학식도 없으며 고행이나 금욕도 모른다고 했다.

붓다의 이야기는 달콤하게 마법의 향기를 풍겼다. 그만큼 세상은 병들어 있었고, 인생은 견딜 수 없이 고됐다. 소문으로는 생명의 샘이 솟아오르는 것 같고, 복음이 들려오는 듯하며, 사람들에게 위안을 주는 숭고한 약속으로 가득 차 있었다. 붓다의 소문이 들리는 인도 방방곡곡에서 젊은이들은 저마다 동경과 희망을 갖게 되었다. 붓다에 대해 이야기하는 순례자나 길손이라면 누구나 바라문의 아들들에게서 환영을 받았다.

싯다르타와 고빈다에게도 이 소문이 들려왔다. 희망이나 의혹으로 가득 찬 것이었다. 하지만 둘은 이에 대해 별로 이야기를 주고받지 않았다. 수행승의 리더가 이 소문을 달갑게 여기지 않았기 때문이었다. 리더는 이 붓다가 일찍이 금욕자로 숲 속에서 살다 환락의 속세로 돌아간 자라는 말을 듣고는 나쁘게 생각했다. 어느 날 고빈다가 말했다.

"오늘 마을에서 어느 바라문의 청을 받아 그 집에 갔는데, 바라문의 아들이 마가다 왕국에서 와 있었네. 그 젊은이는 붓다를 보고, 붓다의 목소리로 설법을 듣고 왔다더군. 숨이 막힐 지경이었네. 우리도 그의 가르침을 직접 들을 수 있다면 얼마나 좋을까. 가서 그 가르침을 들어보지 않겠나?"

"난 언제까지나 자네가 수행승들 곁에 남아 있으리라고 생각했네. 자네가 예순이나 일흔 살이 되어도 수행승다운 재주와 수련을 행할 거라고 믿어왔어. 그런데 고빈다를 너무도 모르고 있었군. 이제 자네도 붓다가 설교하는 곳에 가자고 하네 그려."

"날 비웃는 건가? 자넨 언제나 나를 놀리지. 하지만 자네도 그 설교를 듣고 싶은 욕구나 열망이 일지 않았나? 언젠가 수행승의 길을 오랫동안 걷지는 않을 거라고 하지 않았나?"

싯다르타는 슬픔과 조소를 머금은 듯 쓴웃음을 지으며 말했다.

"그랬지. 그런데 자네가 내게 들은 다른 말도 그처럼 잘 기억하는지 모르겠군. 가르침과 배움에 의문을 느끼고 싫증이 났다는 것, 스승들이 우리에게 해준 말들에 대해서도 믿음이 적다고 했던 것 말일세. 어쨌든 자네 말대로 해보세. 그의 가르침의 알맹이는 이미 맛보았을 테지만, 어디 한번 들어 보세."

"그렇게 생각한다니 기쁘군. 그런데 고타마의 설교를 듣기도 전에 어떻게 그 알맹이를 먼저 맛볼 수 있었나?"

"우선 그 열매를 맛보기로 하세. 그리고 그 다음을 기다려 보자고. 하지만 그 덕에 수행승들에게서 멀어지도록 우리를 불러내고 있으니 우리는 벌써 고타마에게 고마워할 일이 생겼네. 그가 더 좋은 것을 우리에게 주는지 차분한 마음으로 기다려 보세."

이날 싯다르타는 친구와 함께 수행승의 최연장자를 찾아가 젊은 제자답게 예를 갖추어 떠나겠다는 뜻을 전했다. 장로는 상스러운 저주를 퍼부었다. 고빈다는 어쩔 줄 몰라 했다. 싯다르타가 친구의 귀에 속삭였다.

"지금이야말로 이 늙은이에게 뭔가를 배우긴 했다는 걸 보여주어야겠네."

그는 수행승의 앞으로 가까이 다가가 정신을 가다듬고 눈길로 노인의 시선을 붙잡았다. 그의 힘을 빼앗고 말을 못하게 만들어 굴복시켜 자신의 요구에 순응하도록 명령을 내렸다. 노인은 말을 못하게 되고, 눈은 움직이지 않았으며, 의지는 마비되고, 팔은 밑으로 축 늘어져 힘이 빠져 있었다. 싯다르타의 주문에 사로잡혀 버린 것이었다. 수행승은 싯다르타가 생각하는 대로 따를 수밖에 없었다. 그는 몇 번이나 고개를 숙여 축복을 하고 그들의 경건한 소원을 더듬거리며 승낙했다. 젊은이들도 그에게 감사인사를 표하고 앞날을 축복한 뒤에 그곳을 떠났다. 고빈다가 말했다.

"자네는 이곳에서 배운 것이 내가 아는 것보다 훨씬 많네그려. 늙은 수행승에게 술법을 걸기란 여간 어려운 일이 아닐 텐데 말이야. 더 머물렀다면 물 위를 걸어가는 법도 배웠겠어."

"그런 건 바라지도 않네. 늙은 수행승들은 그런 기예를 배우는 것으로 만족하겠지만."

슈라바스티 거리에서는 어린아이들도 고귀한 붓다의 이름을 알고 있었다. 고타마의 젊은 제자들이 동냥을 오면 집집마다 그릇을 가득 채워 주었다. 이 거리 부근에 고타마가 주로 거처하는 기원정사가 있었다. 붓다의 제자가 된 부유한 상인 아나타핀디카가 바친 것이었다.

두 젊은 고행자는 고타마를 찾아가는 도중 그 마을에 대해 이야기를 주고받았다. 그들은 슈라바스티에 도착해 맨 처음 동냥한 집에서 요기를 했다. 싯다르타가 안주인에게 물었다.

"자비로우신 부인, 저희는 산에서 온 수행승입니다. 붓다가 어디 계신지 알 수 없을까요? 그를 만나 가르침을 들으려고 합니다."

부인이 대답했다.

"지금 그 어른은 기원정사에 머물러 계십니다. 그곳에 그분의 설교를 들으려고 사방에서 모여드는 수많은 사람을 위해 거처를 마련해 두었으니 두 분도 거기서 지낼 수 있을 겁니다."

고빈다는 기뻐서 큰 소리로 말했다.

"저희가 목적지까지 다 온 셈이군요. 순례자의 어머니시여, 그분을 직접 보셨나요?"

부인이 대답했다.

"여러 번 뵈었지요. 누런 옷을 걸치시고 거리를 돌아다니시며 집집마다 문 앞에 가서 말없이 시주를 청해 그릇이 차면 곧 떠나시곤 합니다."

고빈다는 감격해 몇 가지 더 물으려고 했지만 싯다르타가 떠나자고 재촉하는 바람에 그만두었다. 기원정사로 향하는 순례자들과 고타마 교단의 승려들이 적지 않아 길을 물을 필요도 없었다. 그들은 밤에 그곳에 도착했는데, 방문객이 끊임없이 이어졌다. 쉴 곳을 찾는 사람들과 이미 찾은 사람들의 고함소리와 떠드는 소리도 계속됐다. 숲에서 생활하던 것에 익숙한 두 수행승은 재빨리 잠자리를 발견해 아무 소리도 없이 아침이 될 때까지 거기서 묵으며 휴식을 취했다. 해가 뜨자 그들은 거기서 밤을 새운 많은 신자와 호기심에 찬 구경

꾼들을 보고 놀랐다. 아름다운 숲 속, 길목마다 누런 옷을 걸친 승려들이 돌아다니고, 나무 그늘에서 묵상하는 사람과 심오한 종교적인 이야기를 하는 사람들로 들끓어 큰 벌집을 이루고 있었다. 승려들 대부분은 하루에 한 끼씩 먹는 점심을 얻기 위해 동냥그릇을 들고 거리로 나섰다. 붓다도 아침마다 시주를 청하러 떠나고 있었다.

싯다르타는 붓다를 보자 신의 계시를 받은 것처럼 금세 알아보았다. 누런 옷을 걸친 붓다는 동냥그릇을 들고 천천히 걸어가고 있었다.

"저 분이 바로 붓다야!"

싯다르타는 친구에게 조용히 말했다.

고빈다도 누런 옷을 걸친 그를 유심히 바라보았다. 다른 수백 명의 승려와 별로 다른 점이 없어 보였다. 하지만 고빈다도 곧 붓다를 알아보았다. 둘은 그의 뒤를 따르며 관찰했다.

그는 점잖게 걸어가고 있었다. 깊은 생각에 잠긴 얼굴에는 슬픔도 기쁨도 떠 있지 않고, 평온하고도 내적인 미소가 어려 있었다. 보일 듯 말 듯한 웃음을 띠고 마치 건강한 어린아이처럼 조용히 걸어가고 있었다. 다른 승려와 마찬가지로 망토를 걸치고 엄격한 계율을 좇아 발길을 옮기고 있었다.

하지만 그의 얼굴, 걸음걸이, 고요히 내리깐 시선, 조용히 늘어뜨린 팔, 손가락까지도 평화와 완전함을 나타내고 있었다. 무엇을 구하거나 흉내 내지도 않고 사라지지 않는 평온함 속에서, 흩어지지 않는 빛 속에서, 손댈 수 없는 평화 속에서 부드럽게 숨 쉬고 있었다. 그렇게 고타마는 시주를 얻기 위해 마을 쪽으로 걸어가고 있었다.

두 수행승은 그 완벽한 평온함과 차분한 모습으로 그를 알아볼 수 있었다. 그에게서는 뭔가를 구하거나 욕망하거나 모방하거나 뭔가를 위해 분투하는 모습이 전혀 보이지 않았다. 오로지 빛과 평화만 있었다.

"오늘 그의 설교를 들을 수 있을 걸세."

고빈다가 싯다르타에게 말했다.

싯다르타는 아무 대답도 하지 않았다. 그는 붓다의 설교에는 별로 흥미를 느끼지 못했다. 그에게서 새로운 것을 배우리라고 기대하지 않았기 때문이다. 그는 간접적으로나마 다른 여러 사람으로부터 고빈다와 함께 몇 번이고 붓다의 설교를 전해 들었던 것이다. 하지만 싯다르타는 고타마의 머리, 어깨, 발, 그리고 가만히 늘어뜨린 팔을 유심히 보고 그의 손가락 마디까지도 그대로 산 교훈을 나타내 보여주고 있음을 알아차렸다. 온몸이 말을 하며 호흡하고 향기를 풍기며 진리에 반짝이고 있었다. 이 붓다야말로 새끼손가락 동작 하나에 이르기까지 진리로 가득 차 있었다. 성스러운 인물이었다. 싯다르타는 일찍이 어느 누구도 이분만큼 존경해 본 일이 없었고 사랑해 본 적도 없었다.

두 젊은이는 붓다의 뒤를 따라 거리까지 갔다가 그대로 묵묵히 돌아왔다. 그들 스스로 그날은 식사를 하지 않으리라 생각했기 때문이다. 그들은 고타마가 돌아오는 것을 보았다.

젊은 제자들과 함께 식사를 하는 것도 보았다. 그가 새도 배부르지 않을 정도로 적게 먹고 망고나무 그늘로 돌아가는 것도 보았다.

저녁이 되자 두 젊은이는 한낮의 더위가 가라앉아 활기를 되찾은 사람들이 모여 있는 곳에 이르러 붓다의 가르침을 들었다. 그의 목소리 또한 완벽해 안식과 평화가 깃들어 있었다. 그는 번뇌에 대해 설교했다. 번뇌의 원인과 거기서 벗어나는 방법에 대한 설법이 차분하면서 명쾌하게 들려왔다. 인생은 고통의 바다다. 이 세상은 괴로움으로 가득 차 있다. 그러나 그 괴로움에서 벗어날 길이 열렸다.

붓다는 부드러우면서도 힘차고 차분하게 설교를 마치고 나서, 불교의 실천 원리와 여덟 가지 덕목을 가르쳤다. 붓다는 설법할 때면 보기를 들어가며 되풀이해 참을성 있게 가르쳤는데, 밝고 고요한 그의 목소리는 빛이자 별이 반짝이는 하늘처럼 듣는 사람들의 머리 위를 맴돌았다.

붓다가 설교를 마쳤을 때는 이미 날이 저물었다. 설교를 마치자 많은 순례자가 그 앞으로 나아가 교단에 가입하고 불도에 귀의하길 언약했다. 고타마는 그들을 모두 받아들이고 이렇게 말했다.

"설교를 알아들었는가. 그러면 이리로 와 거룩한 길을 걸으라. 모든 괴로움에서 해탈하리라."

고빈다도 나아가 말했다.

"세존의 가르침에 귀의하겠나이다."

고빈다도 허락을 받았다.

붓다가 휴식을 위해 돌아갔을 때, 그는 싯다르타에게 열의에 찬 목소리로 말했다.

"내게 자네를 꾸짖을 자격은 없지만 한마디 하지 않을 수 없네. 우리는 같이 세존을 뵙고 교훈을 들었네. 나는 그 가르침에 귀의했는데, 자네는 어찌해 잠자코 있는가? 해탈의 길을 걷기 싫단 말인가? 주저하는 건가? 더 두고 보겠다는 건가?"

싯다르타는 잠에서 깨어난 듯 눈을 번쩍 뜨고 고빈다의 얼굴을 오랫동안 뚫어지게 바라보더니 엄숙한 목소리로 나지막하게 말했다.

"이제 자네는 발걸음을 내디뎠고 이 길을 선택했네. 자네는 지금까지 언제나 다정한 친구로 내 뒤를 따라왔지. 때때로 나는 이렇게 생각했었네. 언젠가는 고빈다도 자기 힘으로 혼자서 걸어갈 때가 있을 거라고. 이제 그때가 와서 자네는 혼자서 자기 길을 택했네. 부디 끝까지 멈추지 말고 그 길을 가게. 그리해 열반에 이르기를 축원하네."

아직도 친구의 말을 충분히 이해하지 못한 고빈다는 안달하듯 말했다.

"자네한테도 붓다께 귀의하는 길밖에는 다른 방법이 없다고 말해 주게나."

싯다르타가 친구의 어깨 위에 두 손을 얹고 말했다.

"거듭 말하지만, 나는 자네가 그 길을 끝까지 걸어가 열반에 이르도록 축원하겠네."

순간 고빈다는 친구가 자기를 떠남을 알고 울기 시작했다. 싯다르타는 부드러운 말로 타일렀다.

"자네는 지금 붓다의 수행승이라는 것을 잊지 말게. 자네는 고향과 부모를 버렸네. 가문과 재물도 버렸어. 자네의 자유의지와 우정도 버렸네. 세존은 그렇게 하기를 바라는 걸세. 자네 자신도 그렇게 되기를 원했고. 내일 아침 나는 자네 곁을 떠나려네."

둘은 오랫동안 숲 속을 돌아다니다가 잠자리에 누웠으나 좀처럼 잠을 이룰 수가 없었다. 고빈다는 친구에게, 왜 고타마의 가르침에 귀의할 수 없느냐고 성화를 해대며 물었다. 고타마의 가르침에서 못마땅한 점이 무엇이냐고도 물었다. 그러나 싯다르타는 답하기를 거절하며 번번이 이렇게 대답했다.

"안심하게. 세존의 가르침은 지당하네. 내가 어찌 감히 잘못을 지적할 수 있겠나?"

이튿날 아침에 가장 나이 든 수제자가 정원을 거닐면서 새로 붓다에 귀의하려는 사람들에게 누런 옷을 나누어주고, 기초 교리와 계율을 가르치고 있었다. 고빈다는 큰 결심이라도 한 듯 친구를 껴안고 새 귀의자들 속을 헤치고 들어갔다.

붓다의 선물

붓다는 나한테서 빼앗아간 것보다 많은 것을 주었다.
친구를 빼앗아갔지만 그 대신 나에게 나 자신을 주었다.

싯다르타는 생각에 잠겨 숲 속을 거닐고 있었다. 그때 고타마가 가까이 다가왔다. 싯다르타는 공손히 인사했다. 붓다의 눈에서 다정함과 평온함이 흐르는 것을 보고 그는 용기를 냈다.

"한마디 여쭈어도 괜찮겠습니까?"

고타마는 고개를 숙여 승낙했다. 싯다르타가 말했다.

"어제 세존의 놀라운 설교를 들었습니다. 저는 그 설교를 듣기 위해 친구와 함께 먼 곳에서 왔습니다. 친구는 세존에게 귀의해 곁에 남게 되었으나 저는 다시 순례의 길을 떠나려 합니다."

"뜻대로 하십시오."

세존은 친절하게 말했다.

"당돌하다고 하실지 모르겠으나 세존께 제 생각을 솔직히 말씀드리지 않고서는 떠날 수 없습니다. 잠시 제 말을 들어주실 수 있겠습니까?"

붓다는 말없이 고개를 끄덕였다.

"세존의 가르침에서 무엇보다도 놀라운 것은 이 한 가지 사실입니다. 세존의 가르침은 모든 사리를 분명히 입증하고도 남습니다. 세존께서는 이 세계를 하나의 완벽한 사슬로, 그러니까 절대 어디에서도 끊어지지 않는 사슬, 곧 인과법칙에 의해 이루어진 영원한 사슬로 보여주고 계십니다. 일찍이 아무도 그렇게 반박할 여지없이 분명히 설명하지는 못했습니다.

사실, 세상이 아무런 틈 없이 수정처럼 맑고 투명하게 우연이나 신들에게 의지하지 않고 세존의 가르침을 통해 완전히 결합되었으니 모든 바라문의 가슴은 사랑으로 더 힘차게 고동칠 것입니다. 이 세상은 선한가 악한가, 괴로운가 즐거운가 하는 문제는 나중에도 생각할 수 있으리라고 여겨집니다. 그것은 근본 문제가 아닐 듯합니다.

이 세계의 단일성, 모든 사건의 연관성, 똑같은 시간의 힘이나 똑같은 인과 법칙, 또는 똑같은 생명의 법칙에서 파생되는 크고 작은 모든 점은 세존의 위대한 설교에서 분명히 밝혀졌습니다. 그러하오나 세존의 가르침에 의하면, 모든 사물이 단일하고 질서정연함은 어느 한 지점에서 끊어지고 마는 듯합니다.

그 틈바구니에서 이 단일한 세계에 어떤 낯설고 새로운 현상, 곧 일찍이 존재하지 않았으며, 설명하거나 입증할 수도 없었던 새로운 현상이 나타나게 되었습니다. 그것은 세계 극복에 대한 당신의 가르침, 해탈이옵니다. 그리해 그 작은 틈새로부터 완전하고 영원하며 단일한 세계의 법칙이 다시금 허물어져 버립니다. 감히 다른 의견을 여쭈어 황송합니다."

고타마는 잠자코 그의 말을 듣고 있다가 자비롭고 친절하며 낭랑한 목소리로 대답했다.

"내 설교를 듣고 그렇게 깊이 생각해 본 것은 장한 일이오. 그대는 나의 설교에서 하나의 결함을 찾아내었소. 그 점에 대해서는 좀 더 다른 각도에서 생각해 보도록 하오. 그러나 지식을 추구하는 그대여, 의견의 덤불 속에 빠지는 것과 논쟁을 위한 논쟁을 경계해야 하오. 중요한 것은 의견이 아니오. 그것은 아름다울 수도 있고 추할 수도 있으며 지혜로울 수도 있고 어리석을 수도 있소. 사람마다 어떤 사상에 동의할 수도 반대할 수도 있소. 그런데 그대가 나한테서 들은 설교는 의견이 아니오. 지식을 구하는 자를 위해 세계를 해석하기 위한 것도 아니오. 그것은 고통에서 벗어나는 데 목적이 있소. 나의 가르침은 이것뿐이라오."

싯다르타가 말했다.

"세존이시여, 노여워하지 마옵소서. 저는 세존과 말다툼을 하려고 감히 그런 말씀을 드린 것은 아닙니다. 의견은 별로 중요한 것이 못 된다는 말씀은 지당합니다. 저는 한순간도 세존께서 붓다로서 많은 바라문과 그 아들들이 다다르려고 애쓰는 최고의 목표에 이르렀다는 것을 의심해 본 일이 없습니다. 세존께서는 죽음에서 해탈하는 법을 발견하셨습니다. 그것은 세존 나름의 탐구 방법, 즉 명상이나 참선, 인식과 깨달음 등을 통해 이루어진 것이지 가르침을 통해 이루어진 것은 결코 아닙니다. 해탈은 배워서 되는 것이 아니라고 생각합니다. 세존께서도 해탈하시는 순간, 당신께 일어난 일을 입으로 가르쳐 남에게 전할 수는 없을 줄 압니다. 도를 통하신 붓다의 가르침은 여러 가지를 담고 있어 악을 멀리하고 올바르게 살아가는 방도를 제시하고 있사오나 그토록 분명하고 존중할 만한 가르침도 빠뜨리고 있는 사실이 한 가지 있습니다. 즉, 수십만의 구도자 가운데서 오직 세존께서만 체험하신 심오한 경지가 그것입니다. 제가 세존의 설교를 듣고 느낀 것은 바로 그 점이었습니다. 제가 다시 길을 떠나려는 까닭도 거기에 있습니다. 다른 데 가서 더 좋은 가르침을 들으려는 것이 아닙니다. 세존의 말씀보다 더 훌륭한 말씀이 없음을 잘 알고 있습니다. 모든 가르침과 스승을 떠나 목표에 다다르든가 아니면 죽는 겁니다. 그러나 앞으로 거룩하신 어른을 제 눈으로 직접 본 이 시간만은 잊지 않고 늘 떠올리게 될 것입니다."

붓다의 눈은 고요하게 바닥을 향해 있었고, 깊이를 헤아릴 수 없는 얼굴에는 완벽히 평온한 빛이 가득 감돌고 있었다.

"그대의 생각이 틀림이 없기를 바랄 뿐이오. 그 목적에 이르기를 바라오. 하지만 말해 보시오. 그대는 나의 수행승들을, 나의 가르침에 귀의한 많은 형제를 보았지요? 이들이 가르침을 버리고 속세의 쾌락에 젖는 것이 더욱 좋다고 믿소?"

"그런 생각은 꿈에도 해본 적이 없습니다. 그들 모두 그 가르침에 따라 목적을 이루기를 바라나이다. 저는 다른 사람들의 생활태도에 대해 판단할 위치에 있지 않습니다. 오직 저 자신에 대해서만 결정하고 선택해야 하며, 배격할 것은 배격해야 한다고 생각합니다. 우리 수행승들은 저마다 해탈하는 길을 찾고 있습니다. 만일 제가 당신의 제자 가운데 하나라면 당신의 가르침과 당신을 따르는 일, 당신을 사랑하는 일, 승려들의 교단을 저의 자아 대신 앞세우고, 겉보기로만 기만적으로 자신을 평온케 하고 구원할 뿐 실제로는 자신이 그대로 살아남아 점점 커지는 일이 일어날까 두렵습니다."

고타마는 얼굴에 반쯤 미소를 띤 채 변함없이 관대하고 친절한 태도로 낯선 이의 눈을 유심히 바라보다가 거의 알아보기 힘든 몸짓으로 작별을 고했다. 세존이 말했다.

"그대는 지혜로운 사람이오. 그대는 지혜로운 말을 할 줄 아는군요. 하지만 지나친 지혜는 경계하는 게 좋소!"

붓다는 그 자리를 떠났다. 붓다의 눈과 미소는 영원히 싯다르타의 기억에 새겨졌다.

'나는 일찍이 그렇게 보고 그렇게 웃으며, 그렇게 앉고 또 그렇게 걷는 사람을 보지 못했다. 그리고 나도 그렇게 자유롭고 존귀하며 절제하고 개방적이며 천진스럽고 신비스럽게 보고 웃고 걷게 되었으면 하고 생각했다. 자신의 가장 깊은 곳까지 다다른 자만이 그렇게 올바르게 보고 걸을 수 있을 것이다. 나도 나의 가장 깊은 곳까지 다다르도록 노력해야겠다.

나는 그 앞에서 자연히 머리가 숙여지는 한 인간을 보았다. 나는 앞으로 다른 어떤 사람에게도 결코 머리를 숙이지 않을 것이다. 붓다의 가르침도 나를 유혹할 수 없었거늘 하물며 다른 가르침이랴!

붓다는 나한테서 뭔가를 빼앗아갔다. 하지만 빼앗아간 것보다 많은 것을 나에게 주었다. 붓다는 나한테서 친구를 빼앗아갔다. 그는 전엔 나를 믿고 있었으나 지금은 자신을 믿고 있다. 전엔 나의 그림자였으나 지금은 그의 그림자가 되어 있다. 붓다는 이 친구를 빼앗아갔지만 그 대신 그는 나에게 싯다르타를, 나 자신을 주었다.'

우리가 정작 모르는 것

내가 피하려 하면서 동시에 정복하려 한 것은 바로 자아였다. 그것을 속이거나 거기서 도피해 숨을 수는 있었지만 정복할 수는 없었다. 이 세상에 그 어떤 것도 내가 살아 있다는 수수께끼, 내가 다른 사람들과 구별된다는 수수께끼, 내가 나라는 수수께끼처럼 나를 사로잡은 것은 없었다! 그런데도 나는 이 세상 어느 것보다도 나에 대해 아는 것이 적지 않은가!

싯다르타는 붓다인 고타마가 있는 사원을 떠날 때, 자기가 걸어온 반생(半生)도 그곳에 남겨 놓은 것 같았다. 그는 천천히 발길을 옮기며 깊은 물속에 잠기듯이 감정의 밑바닥에서 그 감정의 원인을 구석구석까지 깊이 생각해 보았다. 원인을 파악하는 것이 생각의 본질이라고 여겨졌으며, 그래야 감각이 인식으로 변해 놓치지 않을 수 있고, 그래야 그 감정이 비로소 본질적인 것이 되어 빛나기 시작한다고 생각되었다. 그는 자신이 더 이상 어리지 않고 성인이 되었음을 알아차렸다. 마치 뱀이 허물을 벗듯이 자기에게서 한 가지가 떠났다는 것을 확신하게 되었다. 청춘기에 따르기 마련인 하나의 현상, 스승을 모시고 스승으로부터 배우려던 욕구가 사라진 것이다. 그는 그의 눈앞에 나타난 가장 고결하고 지혜로운 마지막 스승인 붓다까지도 버렸던 것이다. 그 스승에게서 떠나야 했다. 그 가르침에 귀의할 수 없었기 때문이다. 그는 천천히 걸으면서 자신에게 물어 보았다.

'도대체 스승의 가르침을 통해 내가 배우려던 것이 무엇인가? 그렇게 많은 것을 가르쳐 준 그들이 지금까지 나에게 가르쳐 주지 못한 것이 무엇인가?'

이때 그는 문득 이런 생각이 들었다.

'그것은 자아다. 나는 그 의미와 본질을 알려고 했던 것이다. 내가 피하려 하면서 동시에 정복하려 한 것은 바로 자아였다. 그것을 속이거나 거기서 도피해 숨을 수는 있었지만 정복할 수는 없었다. 이 세상에 그 어떤 것도 내가 살아 있다는 수수께끼, 내가 다른 사람들과 구별된다는 수수께끼, 내가 나라는 수수께끼처럼 나를 사로잡은 것은 없었다! 그런데도 나는 이 세상 어느 것보다도 나에 대해 아는 것이 적지 않은가!'

여기까지 생각하던 싯다르타는 천천히 걸어가던 발길을 멈췄다. 그러자 새로운 생각이 떠올랐다.

'내가 자신에 대해 아무것도 모르고, 자신이 나에게 낯설고 알 수 없는 존재라는 것은 오직 하나의 원인에서 오는 것이다. 그것은 자신에 대해 불안을 느끼고 자신으로부터 도피하려고 했기 때문이다. 나는 아트만을 찾았다. 또 브라만(우주의 주재자)을 찾았다. 나는 마음의 본질을 알아보기 위해 아트만을, 생명을, 신성을, 궁극적인 것을 찾느라고 애써 고행을 해 내 껍질을 벗기려고 했으나 결국 그 때문에 자신을 잃

고 만 것이다.'

싯다르타는 눈을 번쩍 뜨고 자신을 돌아보았다. 그러자 얼굴에 희색이 넘치고, 오랜 꿈에서 깨어난 듯 감격이 온몸을 뒤흔들었다. 그는 무엇을 해야 하는지 아는 사람처럼 발길을 재촉했다.

"오!"

그는 깊은 한숨을 내쉬고 생각에 잠겼다.

'나는 나를 다시는 놓치지 않을 것이다. 더 이상 내 생각이나 내 삶을 아트만이나 세계의 괴로움 따위로 시작하지 말아야겠다. 이제 나 자신을 죽이려 들거나 조각내어 그 폐허에서 비밀을 찾는 짓도 그만둘 것이다. 야주르 베다도, 아타르바 베다도, 고행자도, 아니 아무리 훌륭한 교문도 나를 가르치지 못하리라. 나는 나로부터 배울 것이다. 나는 나의 학생이 될 것이다. 그리하여 나는 나를, 싯다르타의 비밀을 알아낼 것이다.'

싯다르타는 세상을 처음 대하는 듯 주위를 돌아보았다. 세상은 아름답고 다채로웠다. 세상은 이상하고 신비스러웠다. 여기는 푸른빛, 저기는 노란빛, 그리고 이곳은 초록빛. 하늘은 파랗고 강은 유유히 흘러가며 숲은 우거지고 산은 높이 솟아 있었다. 모든 것이 아름다운 수수께끼처럼 신비스럽기만 했다. 이런 세상 한가운데 각자(覺者)인 싯다르타가 자신을 탐구하기 위해 길을 걸어가고 있었다. 노랗고 푸릇한 산과 강이 처음으로 그의 눈에 보였다. 세상은 더 이상 마라의 마술도 아니고 마야의 장막도 아니었다. 더 이상 무의미하고 우연한 현상계의 다양성에 지나지 않는 것도 아니었다. 다양성을 경멸하고 통일성을 추구하며 깊이 사색하는 바라문들에겐 무의미하고 우연한 현상계는 천박한 것이었다. 파랑은 파랑이고, 강은 강이었다. 여태까지 싯다르타의 눈에 비친 파랑과 강엔 유일한 자, 거룩한 자가 숨어 있었으나, 지금은 노랑과 파랑, 하늘, 숲, 그리고 싯다르타가 있었다. 그것이 이른바 신성한 것의 의미였다. 이렇게 의미와 본질은 사물을 떠나 그 이면에 있는 것이 아니라, 사물 속에 포함되어 있는 것이었다.

'나는 지금까지 얼마나 무관심하고 어리석었는가? 누구나 책을 읽고 그 뜻을 알고자 하면 기호와 철자를 무시하지 않으며, 그것을 착각이나 무가치한 껍질로 간주하지 않고, 한 글자 한 글자를 빠뜨리지 않고 읽으며, 그것들을 공부하면서 사랑한다. 그런데 세계의 책과 나의 본질에 대한 책을 읽으려던 나는 읽기도 전에 예견하고, 기호와 철자들을 경멸했으며, 이 현상계를 착각이라고, 내 눈과 내 혀를 우연하고 무가치한 것이라고 일렀다. 그러나 이것은 이미 지나간 생각이고, 나는 이제 깨달았다. 나는 참으로 깨달은 것이며 오늘 처음으로 이 세상에 다시 태어난 것이다.'

싯다르타는 이렇게 생각을 계속하다가 갑자기 길에서 뱀을 만난 사람처럼 발걸음을 멈췄다. 이런 생각에 사로잡혔기 때문이다.

'진실로 깨달아 알고 새로 태어난 나는 전과는 달리 새로 태어난 아기처럼 생활을 시작해 나가야 한다.'

그는 깨달음을 얻어 자신의 길을 가기 위해 기원정사를, 붓다의 숲을 떠날 때는, 몇 해 동안 고행자로서의 수도를 했으므로 고향의 아버지에게로 돌아가는 것이 더할 나위 없이 자연스럽고 자명한 일처럼 여겨졌다. 그러나 길가에서 뱀을 본 듯이 우뚝 멈춰선 순간 그는 다음과 같이 깨닫게 되었다.

'나는 이제 지금까지의 내가 아니다. 나는 지금 고행자도, 승려도, 바라문도 아니다. 그런데 아버지 곁에 돌아가서 무엇을 하겠단 말인가? 가르침을 받을 것인가? 제사를 지낼 것인가? 참선을 할 것인가? 이런 것들은 이미 지나간 일이 되어 버렸다. 더 이상 내게 필요하지 않은 것들이다.'

싯다르타는 몸을 움직이지 않고 그대로 우뚝 서 있었다. 한동안 그의 심장은 얼어붙은 것 같았다. 그는 고독을 뼈저리게 느끼는 동시에 작은 동물과 같이, 날짐승과 토끼처럼 가슴이 얼어붙는 듯했다. 오랫동안 고향을 떠나 살아왔지만 지금까지 고독을 느껴보지 못했던 것이다. 그런데 그는 지금 그것을 뼈저리게 느꼈다. 멀리 타향에 떨어져 있을망정 언제나 아버지의 아들이요, 바라문이요, 가장 높은 계급이요, 유식한 자였다. 그러나 지금은 싯다르타요, 한 각성자에 지나지 않는다. 그는 숨을 크게 들이쉬더니 온몸이 갑자기 얼어붙은 듯 부들부들 떨었다. 누구도 그만큼 고독할 수 없었다. 귀족이나 상인에게 예속되어 함께 사는 범속한 사람들은 물론, 일반 바라문들도 그렇게까지 절실한 고독은 느껴보지 못했으리라. 심지어 세상을 등진 은자일지라도 혼자가 아니며 그렇게까지 고독하지는 않을 것이다. 그런 사람조차 같은 구성원들에게 둘러싸여 있었고, 고향 같은 어떤 계급에 속해 있었다. 고빈다는 승려가 되었다. 수천의 형제가 같은 옷을 입고, 같은 신앙을 갖고, 같은 말을 하고 있다. 그러나 싯다르타는 어디에 속해 있는가? 누구와 함께 살아갈 것인가? 누구와 더불어 이야기를 주고받을 것인가?

그를 둘러싼 세상이 녹아 없어지며 사라져 버리고, 하늘의 외로운 별처럼 홀로 멈춰 선 이 순간, 냉혹과 절망의 이 순간에서 싯다르타는 전보다 더 또렷한 자아와 굳은 결의를 하고 헤쳐 나왔던 것이다. 그는 이것이야말로 도를 깨달은 최초의 전율이요, 새로 탄생하는 마지막 몸부림이라고 생각했다. 그는 다시 발걸음을 옮겼다. 빠르게 조바심치며 걷기 시작했다. 집으로 가는 것도, 아버지에게 가는 것도 아니었다.

사유와 감각, 그 비밀의 소리

<u>사유와 감각은 둘 다 똑같이 아름다운 것이다. 어느 것을 더 중시하지 말고, 둘 속에 내포된 비밀의 소리를 들어라.</u>

싯다르타는 한 걸음 내디딜 때마다 새로운 것을 배웠다. 세상이 달라져 매력적으로 보였기 때문이다. 그는 숲이 울창한 산 위로 태양이 떠오르는 것을, 서쪽 해안의 야자수 위로 태양이 지는 것을 유심히 바라보았다. 밤하늘에는 별들이 질서 있게 반짝이고, 초승달이 푸른 강 위에 쪽배처럼 떠 있는 것을 보았다. 나무, 별, 짐승, 구름, 무지개, 바위, 풀, 꽃, 여울과 강, 아침 이슬에 반짝이는 수풀, 멀리 솟은 푸른 산, 지저귀는 새, 붕붕거리는 벌, 들에서 불어오는 은빛 바람들도 보았다.

이 모든 자연현상은 전에도 있었지만 지금은 새로운 눈으로 보았다. 해와 달은 빛났고, 강은 울부짖으며 흘러가고, 꿀벌은 붕붕거리며 울어댔다. 예전에는 이것들이 싯다르타에겐 그의 눈을 가리는 허무하고 기만적인 장막에 지나지 않았었다. 본질은 가시적인 세계 너머 반대쪽에 있다고 생각해 그것이 본질적인 존재가 아니라고 생각해 왔다. 불신의 눈으로 보자 세계는 사유에 의해 꿰뚫리고 파괴되고 말았다. 해탈한 지금은 그것들을 올바로 보고 인식하게 되었다.

그는 이 세상에서 고향을 찾아내거나 본체를 구하거나 내

세를 바라지 않았다. 아무것도 구하는 것 없이 어린애와 같이 만물을 바라볼 때 세상은 더 없이 아름다웠다. 달과 별, 강과 언덕, 숲과 바위, 산양과 풍뎅이, 꽃과 나비 모두 아름답게 보였다. 이렇게 깨달으며 어린애처럼 의혹을 느끼는 일 없이 살아가는 것은 세상을 아름답고 사랑스럽게 보는 길이었다. 머리 위를 비추는 태양도, 숲 그늘의 서늘한 느낌도 전과는 달라 보이고, 시내와 연못과 호박과 바나나도 그 향기가 전혀 다르게 느껴지는 것이었다. 낮도 밤도 한결 짧아 바람을 안고 달리는 돛단배처럼 시간이 빨리 흘러갔다. 그 돛단배에는 보석을 가득 싣고 환락에 젖은 사람이 많이 타고 있었다.

싯다르타는 원숭이의 무리가 높은 언덕의 숲 속이나 또는 높다란 나뭇가지 위에서 희롱하다가 가끔 탐욕스럽게 우는 것을 보았다. 숫양과 암양이 교미를 하고 있었다. 갈대가 우거진 강에서는 작은 고기떼가 겁이 나서 비늘을 번득이며 수달한테서 도망치는 것이 눈에 띄었다. 그는 사납게 쫓겨다니는 물고기가 일으키는 잔물결을 보고 힘과 정열이 가슴에 복받치는 것을 느꼈다.

이 모든 현상은 변함없이 존재하고 있었다. 싯다르타는 그것을 미처 올바로 보지 못했다. 그것들에 관심을 갖지 않았다. 그는 이제 그것에도 관심을 갖게 되고 그쪽에 가담하게 되었다. 그의 눈망울 속에 빛과 그림자가 흘러들어오고 달과 별이 마음속에 스며들어왔다.

싯다르타는 걸어가면서 기원정사에 있을 때 체험한 일들

을 생각해 보았다. 그곳에서 들은 설교와 거룩한 붓다의 모습, 대화, 작별 등을 회상하고 세존에게 이야기한 자기의 말을 하나하나 음미해 보았다. 그리고 자기도 미처 모르고 있던 사실에 대해 이야기하게 된 것에 새삼 놀랐다.

그가 고타마에게 한 말—붓다의 보배와 비밀은 그 가르침 속에 있는 것이 아니라 그가 깨달음을 얻었을 때 겪은 바, 말로는 표현할 수도 가르칠 수도 없는 체험 속에 깃들어 있다—그 말을 몸소 체험하기 위해 떠난 것이며, 이미 이것을 체험하고 있었다. 그는 벌써부터 자기가 아트만이며, 바라문 같은 영원불멸의 본질로 되어 있다는 사실을 알고 있었다. 그러나 그는 사색의 그물로 자신을 붙잡으려고 했기 때문에 실패하고 말았던 것이다.

확실히 육체나 감각의 절정은 자신이 아니었다. 그렇다고 사색이나 지성, 또는 어떤 결론을 끄집어내어 낡은 사상에서 새로운 사상을 유추해내는 지혜나 기능도 자신은 아니었다. 사상의 세계도 결국은 현실적인 것이다. 감각적인 우연에 지배되는 나를 죽이고, 대신 사유와 지성이 우위에서는 나를 살찌게 하더라도 궁극의 목적에 다다를 수 없는 것이다.

사유와 감각은 똑같이 아름다운 것이며 그 배후에 궁극적인 의미가 숨어 있다. 이 두 가지는 같이 있다. 어느 것을 멸시하거나 더 중시하지 말고, 그 둘 속에 내포된 비밀의 소리를 들어야 한다. 그는 이 소리가 지시하는 것만 알고자 노력하고, 그 소리가 지시하는 곳에서만 머물 생각이었다.

왜 고타마는 예전에 시간 속의 시간이라고도 할 만한 깨달음의 빛에 접촉했을 때 보리수 아래 앉아 있었던가? 이 나무 밑에서 안식을 얻으려는 마음의 소리를 들었던 것이다. 그래서 금욕도 하지 않고, 불공도 드리지 않고, 목욕, 기도, 먹는 것과 마시는 것, 잠자는 것과 꿈꾸는 것도 버리고 그 소리의 속삭임에 따르기로 했던 것이 아닌가? 그가 다른 외부의 명령에 따르지 않고 오직 이 소리에 순종한 것은 훌륭한 일이며 필요한 일이었다. 그 밖에는 아무것도 필요하지 않았다.

밤이 되어 그는 어느 강가 뱃사공의 오두막에서 자며 꿈을 꾸었다. 고빈다가 고행자의 누런 옷을 걸치고 앞에 오더니 서운한 얼굴을 하고 울음 섞인 목소리로, "너는 왜 나를 버렸느냐?"고 물었다. 그는 고빈다를 가슴에 껴안고 입을 맞추었다. 그런데 어느 순간 품 안에 들어 있는 사람은 고빈다가 아니라 어떤 여자였다. 풍만한 젖가슴이 저고리 앞섶으로 비어져 나왔다. 싯다르타는 그 젖을 마구 빨아먹었다. 달콤하고 강렬한 냄새가 났다. 여자와 남자, 태양, 숲, 동물, 꽃의 냄새와 모든 과일의 냄새, 온갖 쾌적한 냄새였다. 그것은 그를 도취하게 하고 의식을 잃게 했다. 싯다르타가 잠에서 깨었을 때 강물의 푸른빛이 문틈으로 흘러들고 산에서는 부엉이 울음소리가 멀리서 은은하게 들려왔다.

싯다르타는 해가 뜨자 주인 뱃사공에게 강을 건네 달라고 부탁했다. 사공은 대나무뗏목으로 강을 건네주었다. 넓은 강이 아침 햇살을 받아 불그레하게 반짝이고 있었다.

"강이 참 아름답군요."

"나는 무엇보다 이 강을 좋아합니다. 가끔 강물이 흐르는 소리를 들으며 물속을 들여다보곤 하는데, 그럴 때마다 많은 것을 배우게 됩니다. 누구나 그럴 테지만요."

싯다르타는 강 건너 언덕에 이르러 뗏목에서 내렸다.

"은혜를 무엇으로 갚아야 할지 모르겠군요. 나는 당신에게 줄 돈도 물건도 갖고 있지 않습니다. 나는 바라문의 아들이며 수행승으로 방황하는 나그네입니다."

"잘 알고 있습니다. 당신에게 무슨 대가를 바라지 않습니다. 언젠가 갚을 때가 있을 것입니다."

"정말 그렇게 생각하십니까?"

"나는 강에서 모든 것이 되풀이된다는 진리를 깨달았습니다. 당신은 다시 여기를 지나가게 될 것입니다. 그러니까 나하고 우정을 나누는 것으로 삯을 대신할 수 있지 않겠소? 불공을 드릴 때 내 생각을 해주십시오."

그들은 웃으며 작별했다. 싯다르타는 사공에게 감사했다.

'내 여정에 만나는 사람들은 모두 고빈다처럼 선량하다. 모두가 사례를 받을 권리를 갖고 있으면서도 받지 않고 오히려 감사해하고 있다. 모두가 유순하고 순종적이며 친구가 되고픈 사람들로 번거롭게 생각하는 일이 없다. 모두 어린아이 같다.'

빼앗을 수는 없는 것

사랑은 구걸할 수도 있고, 살 수도 있고, 받을 수도 있고, 길에서 찾아낼 수도 있다. 하지만 결코 강제로 빼앗을 수 없는 것이 사랑이다.

정오 무렵 어느 마을을 지나갔다. 흙으로 지은 오두막집 앞 한길가에서 어린애들이 뛰놀고 있었다. 호박씨와 조개껍데기로 소꿉놀이를 하거나 노래를 하고 씨름도 하며 놀고 있었는데, 낯선 수행승을 보자 도망쳤다. 싯다르타는 마을을 지나 작은 냇물에 이르렀다. 한 젊은 여자가 앉아서 빨래를 하고 있었다. 아는 체하자 그녀는 웃는 얼굴로 싯다르타를 쳐다보았다. 그녀의 눈 흰자위가 반짝였다. 그는 그녀의 행운을 빌어주고 도시까지 몇 리나 되느냐고 물었다. 그녀는 일어나 그의 곁으로 다가왔다. 예쁘고 앳된 얼굴에서 촉촉한 입술이 반짝였다. 그녀는 싯다르타에게 농을 걸었다.

"식사는 했나요?"

"수행승들은 밤에 숲 속에서 혼자 자며 여자를 멀리한다는데 정말인가요?"

그녀는 자기 왼쪽 다리를 싯다르타의 오른쪽 다리 위에 걸쳐 놓으며 교태를 부렸다. 싯다르타는 피가 와락 끓어올랐다. 순간 어제 저녁에 꾸었던 꿈이 생각났다. 그는 여자에게 몸을 굽혀 불룩한 가슴의 갈색 젖꼭지에 입을 맞추었다. 그리고 눈을 들어 관능적인 얼굴로 방그레 웃고 있는 그녀를 바라보았다. 욕정에 못 이겨 가늘게 치뜬 눈에는 애원의 빛이 서려 있었다.

싯다르타는 동경해 마지않던 이성의 품에서 흥분의 도가니에 빠져 들어갔다. 하지만 아직 여자를 가까이해 보지 못한 그는 상대를 꼭 껴안으려고 하면서도 망설이게 되었다. 순간 떨리는 마음속에서 목소리가 흘러 나왔다.

'이러면 안 돼!'

순간 젊은 여인의 웃음 띤 얼굴에서 모든 매력이 일시에 사라져 버렸다. 발정난 암컷의 음탕한 눈망울만 드러나 보일 뿐이었다. 싯다르타는 그녀의 뺨을 가볍게 때리고 나서 무안해하는 여자를 남겨둔 채 대나무숲으로 사라졌다.

그날 밤 싯다르타는 도시에 이르렀다. 오랫동안 산에서 살며 사람에게 굶주려 온 그는 대단히 기뻤다. 그는 어제 저녁 오랜만에 처음으로 사람(뱃사공)의 집에서 잤던 것이다.

그는 도시 어귀의 아름답게 둘러싸인 울창한 나무숲 부근에서 바구니를 옆에 낀 남녀 한 무리를 만났다. 그들 가운데 네 사람이 메고 가는 호화스런 가마가 눈에 띄었다. 알록달록한 지붕을 씌운 가마 안 빨간 방석 위에 여인이 앉아 있었다. 싯다르타는 정원 입구에서 일행을 지켜보다 하인과 하녀, 바구니, 가마, 그 안에 앉아 있는 귀부인을 보았다. 검은 머리를 높이 치켜 올린 그 귀부인은 아주 명랑하고 우아해 보였다. 머리 위 높이 틀어 올린 검은 머리칼 밑으로는 매우 예쁘고 우아하며 영리한 얼굴이 있었다. 갓 터진 무화과 같은 입술은 붉게 빛났고, 손질이 잘된 눈썹은 높다란 곡선을 그리고 있었으며, 까만 눈동자는 영특하면서도 빈틈이 없어 보였다. 초록색과 금색으로 어우러진 옷 위로는 티 없이 깨끗하고 긴 목이 올라와 있었고, 금빛 팔찌를 찬 길고 가녀린 매끄러운 손목이 가만히 놓여 있었다.

여자를 보고 그의 마음은 기쁨으로 가득 찼다. 가마가 그의 앞에 가까이 다가왔을 때 그는 허리를 굽혀 인사했다. 그리고 아름다운 여자의 밝은 얼굴을 들여다보았다. 순간 그 여자의 지혜로운 눈망울 속에서 지금까지 맡아 보지 못한 향취가 풍겨왔다. 여인은 눈웃음을 치며 정원 안으로 사라졌다. 하인들도 뒤를 따랐다.

싯다르타는 정원 안으로 따라 들어가고 싶었지만 조금 전 하인과 하녀들이 자신을 바라보던 눈초리가 떠올랐다. 경멸스러워하고 쫓아버리고 싶어 하던.

'아직 나는 수행승이다. 고행하는 걸인에 지나지 않는다.'

이런 곳에 오래 머물러 있을 수도, 정원에 들어갈 수도 없는 처지였다.

싯다르타는 시내에서 처음 만난 사람을 붙들고 그 정원과 여인에 대해 물어보았다. 그 여자가 바로 이름난 유녀(遊女) 카말라이며, 그 정원은 그녀의 별장이라는 것을 알게 되었다. 시내에 큰 저택도 갖고 있다고 했다.

이제 그에겐 목표가 하나 생겼다. 그는 그 목표물을 좇아 거리를 쏘다니기도 하고, 오가는 사람들의 틈바구니에 끼어 운동장 같은 데 우두커니 서 있거나 강가의 돌층계에 서서 쉬기도 했다. 저녁 무렵 그는 이발사 조수와 친해지게 되었다. 이 사내는 다리 그늘에서 일하고 있었는데, 비슈누를 모시는 절에서 기도하는 것을 싯다르타가 보고 비슈누와 락슈미의 내력을 이야기해 주었다. 그는 그날 밤 강가에서 묵고 이튿날 손님이 오기 전에 일찍 이발소에 찾아가 수염을 깎고 머리를 단정하게 빗어 올렸다. 향수도 발랐다. 강가에서 목욕도 했다.

그날 오후 가마를 탄 카말라가 별장 가까이 이르렀을 때 싯다르타는 입구에 서 있다가 고개를 숙였고 답인사를 받았다. 그는 뒤따라가는 하인을 눈짓으로 불러 젊은 바라문이 여주인을 뵙고 싶어 한다는 말을 전해 달라고 부탁했다. 얼마 뒤 그 하인이 돌아와 싯다르타를 정자로 안내했다. 침대에 누워 있던 카말라는 하인을 돌려보내고 싯다르타만 남게 했다.

"우린 이미 인사하지 않았나요?"

"나는 어제 당신을 보았고 인사했소."

"어제는 수염이 텁수룩하고 긴 머리는 먼지투성이가 아니었던가요?"

"관찰력이 뛰어나군요. 그건 수행승이 되기 위해 고향을 떠나 3년 동안이나 고행한 수도승의 모습이오. 지금은 그 길을 버리고 이 도시에 왔소. 여기서 처음 만난 사람이 당신이오. 당신은 내가 두 눈으로 우러러보며 말을 건넨 최초의 여자요. 앞으로 어떤 여인을 만나도 그렇게 우러러보지는 않을 거요."

카말라는 방그레 웃으며 공작 깃털 부채를 부쳤다.

"그 말을 하러 오셨나요?"

"당신의 아름다움을 찬미하려고 왔소. 가능하면 내 친구가 되고 나아가 스승이 되어주길 바라오."

"산에서 내려온 수행승이 나에게 배운다는 건 있을 수 없는 일이에요. 머리가 헝클어지고 남루한 옷차림을 한 수행승이 내 앞에 나타나리라고는 꿈에도 상상하지 못했어요. 많은 젊은 남자가 나를 찾아오죠. 그중엔 바라문의 아들도 있어요. 하지만 그들은 말쑥한 옷차림에 좋은 신을 신고 머리에는 향수를 뿌리고, 주머니에 돈을 두둑이 넣어 가지고 오죠."

"이미 당신에게서 내가 미처 모르던 것을 배우기 시작했소. 어제부터 배우기 시작했다고 해도 지나치지 않을 거요. 나는 벌써 수염을 깎고 머리엔 기름을 발라 말쑥하게 빗어 올렸소. 부족한 것이 있다면 훌륭한 옷과 좋은 신과 호주머니 속에 가득 있어야 할 돈이지만, 내가 그런 자질구레한 것과는 비교도 되지 않을 만큼 어려운 일을 이루었다는 것을 알아주시오. 그러니 당신의 친구가 되어 사랑의 기쁨을 누리려고 마음먹은 일쯤은 이루어지지 않겠소? 당신은 곧 내가 가르치기 쉬운 사람임을 알게 될 겁니다. 나는 당신이 앞으로 나에게 베풀 가르침보다 더 어려운 가르침을 이미 배워서 알고 있소. 그래도 옷과 신과 돈이 없다고 해서 마음에 안 든다는 말씀을 할 수 있습니까?"

카말라가 다시 웃더니 소리쳤다.

"당신은 값진 옷을 입고 좋은 신도 신고 또 나한테 보낼 많은 돈과 선물을 준비해야 해요. 내 말을 알아듣겠어요?"

"잘 새겨 두었소. 그렇게 아름다운 입에서 나오는 말을 못 알아들을 리 있겠소? 당신의 입술은 아름답기가 익을 대로 익은 무화과 열매 같군요. 그런데 내 입술도 빨갛게 익고 신선해 당신의 입술에 잘 어울린다는 것을 곧 알게 될 거요. 당신은 사랑을 배우기 위해 산에서 온 이 수행승이 조금도 두렵지 않소?"

"자칼이 우글거리는 산에서 내려온, 여자가 뭔지도 모르는 수행승을 내가 두려워할 것 같아요?"

"그 수행승은 건강하고 아무것도 두려워하지 않소. 당신에게 욕을 보일지도 모르오."

"그런 걸 두려워할 내가 아니에요. 수행승이나 바라문 중에 폭력으로 학식이나 신앙이나 지혜를 빼앗기지 않을까 두려워할 사람이 있겠어요? 학식, 신앙, 지혜 같은 것은 그들의 소유물이나 마찬가지죠. 나눠주고 싶은 사람에게만 나눠 줄 수 있는 것이죠. 나에게도 마찬가지예요. 나의 입술은 빨갛게 여물어 아름답지만, 싫어하는데 억지로 입을 맞춰 보세요. 달콤한 맛을 얼마든지 줄 수 있는 내 입술에선 쓰디쓴 맛밖에 느끼지 못할 거예요. 당신은 영리해 보이네요. 이것도 잘 알아두세요. 사랑은 구걸할 수도 있고, 살 수도 있고, 받을 수도 있고, 길에서 찾아낼 수도 있어요. 하지만 결코 강제로 빼앗을 수 없는 것이 사랑이에요. 당신은 그릇된 생각을 하고 있어요. 당신같이 아름다운 청년이 그렇게 함부로 덤벼들다니 안타깝기 짝이 없네요."

싯다르타는 웃는 얼굴로 고개를 끄덕였다.

"그럴 테지요. 당신 말이 옳소. 그건 정말 유감스러운 일일 거요. 당신의 입에서 달콤한 맛이라고는 한 점도 찾아볼 수 없다니 될 말이겠소. 당신이 내 입에서 그 달콤한 맛을 잃게 되어도 안 될 일이죠. 그럼 이렇게 하지요. 좋은 옷과 신, 많은 돈을 장만해 다시 오겠소. 그것을 손에 넣는 방법을 가르쳐 줄 수 없겠소?"

"방법이 왜 없겠어요? 산에서 자칼처럼 살다 내려온 가난한 수행승이라면 가르쳐 줄 수도 있지요."

"그걸 가장 빨리 얻으려면 어떻게 해야 하는지 말해 주오."

"그건 당신뿐 아니라 많은 사람이 알고 싶어해요. 당신은 그동안 배워 온 일을 해야 해요. 그러면 돈과 옷과 신을 얻을 수 있을 테지만, 다른 방법으로는 안 될 거예요. 당신은 무엇을 할 줄 알죠?"

"깊은 명상에 잠길 수 있고 기다릴 수도 있소. 단식을 할 수도 있고."

"그 밖에 할 수 있는 일은 없나요?"

"시를 지을 줄 아오. 시를 지어 주면 당신의 입술을 허락하겠소?"

"시가 마음에 들면 허락하죠."

싯다르타는 잠시 생각한 뒤에 이렇게 읊었다.

『녹음 짙은 정원으로 들어가는 아름다운 카말라여. 정원 입구에 선 초췌한 수행승이 그 연꽃 보고 고개를 굽혔더니 카말라는 웃으며 고마워했네. 청년은 문득 생각했네. 신을 섬기느니 어여쁜 카말라를 섬기는 편이 훨씬 바람직하다고.』

카말라는 기뻐하며 손뼉을 쳤다. 팔찌가 손목에서 잘그락 소리를 냈다.

"당신의 시는 참 아름답군요. 내 입술을 준다 해도 난 아무것도 잃어버렸다고 생각하지 않겠어요."

그녀는 눈짓으로 싯다르타를 자기 옆으로 불렀다. 그는 얼굴을 그녀의 얼굴 위에 가져갔다. 그리고 탐스럽게 무르익은 무화과 열매 같은 입술에 입을 맞추었다. 둘은 오랫동안 입을 맞추었다. 싯다르타는 그녀가 얼마나 현명한지, 그를 얼마나 잘 가르치는지, 그를 얼마나 잘 유도해 그를 거부했다가 유혹하는지, 그리고 이 오랫동안 계속되는 첫 번째 입맞춤 뒤에 저마다 다른 것들, 얼마나 질서정연하고 능숙한 입맞춤이 찾아오는지 느끼고는 크게 놀랐다. 그는 이윽고 숨을 길게 들이쉬며 일어섰다. 순간 그는 지식의 보고와 배울 만한 가치가 있는 것들이 눈앞에 드러나는 것을 보며 어린아이처럼 깜짝 놀랐다.

"당신의 시는 대단히 아름다워요."

카말라가 외쳤다.

"내가 부자라면 사례를 많이 할 텐데. 필요한 만큼 돈을 벌려면 시로는 어려울 거예요. 나와 친구가 되려면 돈이 많이 들어요."

"어쩌면 당신은 키스를 그렇게 할 수가 있죠?"

"덕분에 옷이고, 신이고, 팔찌고 좋은 물건을 얼마든지 손에 넣을 수 있어요. 당신은 명상하고 단식하고 시 쓰는 것 말고 또 뭘 할 줄 알죠?"

"제사의 노래도 부를 줄 알지요. 하지만 그건 앞으로 부르지 않을 겁니다. 주문도 외울 줄 알지만 다시는 입밖에 내지 않을 작정이오. 책을 많이 읽었지만······."

"잠깐! 글을 읽을 줄 안다고요? 쓸 줄도 아나요?"

"물론이죠. 글을 쓸 줄 아는 사람이야 많잖아요?"

"대부분 못해요. 나도 쓸 줄은 몰라요. 글을 읽고 쓸 줄 안다니 부럽군요. 혹시 주문을 써 달라고 부탁할지도 몰라요."

그때 하인이 달려와 카말라 귀에 소곤거렸다. 카말라가 소리쳤다.

"어서 피하세요. 손님이 왔어요! 내일 또 보기로 해요."

카말라는 하인을 시켜 싯다르타에게 옷 한 벌을 내주게 했다. 싯다르타는 하인을 따라가 옷을 얻어 입었다. 하인은 그를 숲으로 데리고 가서 빨리 떠나라고 했다. 숲 속에 익숙한 그는 옷을 팔에 낀 채 나무를 헤치고 울타리를 넘어 밖으로 빠져나갔다. 걷다가 어느 여인숙에서 떡 한 조각을 얻었다.

'내일부터는 이런 구걸을 하지 않아도 되겠지?'

갑자기 자부심이 생겼다. 그는 이미 수행승이 아니었다.

'구걸을 하다니! 당치도 않아.'

그는 떡 조각을 개에게 던져주고 종일 굶고 지냈다. 그리고 생각했다.

'속세에서 살아간다는 것은 간단하구나! 수행승으로 있을 땐 모든 것이 괴롭고 귀찮아 절망에 빠지곤 했지. 지금은 카 말라가 가르쳐 준 키스처럼 모든 일이 착착 진행된다. 나는 옷과 돈만 있으면 된다. 다른 것은 사소하다. 이제 잠을 이루지 못할 정도로 괴로운 일은 없을 거야.'

더욱 훌륭한 일

글 쓰는 것은 훌륭한 일이다. 그러나 생각하는 것은 더욱 훌륭한 일이다. 지혜로운 것은 훌륭한 일이다. 그러나 참는 것은 더욱 훌륭한 일이다.

이튿날 싯다르타는 카말라의 집으로 찾아갔다. 카말라가 반색했다.

"마침 잘 왔어요. 카마스와미가 당신을 기다리고 있어요. 그는 이 거리에서 가장 부유한 상인이에요. 다른 사람을 시켜 당신을 추천해 두었어요. 그의 마음에 든다면 일자리를 줄 거예요. 잘해 보세요. 그를 공손하게 대하세요. 그렇다고 굽실거릴 필요는 없어요. 나는 당신이 그의 하인이 되는 것은 원치 않아요. 그와 어디까지나 대등한 사람이 되어야 해요. 그렇지 못하면 나는 만족할 수 없어요. 카마스와미는 이제 늙어서 기력이 없어요. 잘만 보이면 모든 일을 맡길 거예요."

싯다르타는 웃으며 고맙다고 했다. 그녀는 싯다르타가 어제부터 아무것도 먹지 않았다는 말을 듣고 빵과 과일을 가져오게 해 실컷 먹였다. 카말라가 말했다.

"당신은 운이 좋은 사람이군요. 문이 당신을 위해 잇달아 열리는 것 같아요. 당신은 정말 마술을 부리나 보죠?"

싯다르타가 대답했다.

"어제 나는 당신에게 깊은 명상에 잠길 수 있고, 기다릴 줄 알며, 단식할 수 있다고 말했는데, 당신은 아무 짝에도 못 쓰는 일이라고 생각했죠? 그건 대단한 일이오. 아직도 그렇지 않은 것 같소? 산속에 있는 수행승들은 당신네가 엄두도 못 낼 일들을 배우고 실천하고 있다오. 그저께만 해도 나는 머리가 부스스하고 수염이 텁수룩한 얼굴로 구걸이나 하는 수행승에 지나지 않았소. 그러나 이제는 당신과 입을 맞추고, 앞으로는 장사꾼이 되어 당신이 값지게 생각하는 재물을 손에 넣게 되었소."

"그럴지도 모르지요. 하지만 내가 없었던들 당신은 지금쯤 어떻게 되었을까요? 내가 도와주지 않았다면 당신은 뭘 하고 있을까요?"

"사랑하는 카말라! 당신의 정원에 이르렀을 때 아름다운 여자에게서 사랑이 무엇인지 배우기로 작정했다오. 그렇게 마음먹은 순간 반드시 실천에 옮길 계획이었소. 당신을 보는 순간 당신이 내게 힘이 되어 주리라는 걸 알고 있었소."

"내가 받아들이지 않았다면 어쩌려고 했나요?"

"당신은 그랬을 리가 없소. 물속에 돌을 던져 보시오. 금세 밑바닥으로 가라앉을 거요. 내가 어떤 목적을 위해 결심을 할 때도 마찬가지오. 나는 꾸준히 기다리며 명상하고 단식하지만 돌이 물속을 뚫고 들어가듯 세상의 모든 사물을 가만히 앉아서 뚫고 나가겠소. 나는 어떤 일에 끌리면 거기에 몰입하죠. 내 목적이 나를 끌어당기는 거죠. 목적에 어긋나는 일은 받아들이지 않으니까요. 수행승들에게서 배운 것이오. 어리석은 사람들은 내가 마법을 부린다고 하지만 세상에 마법의 신을 업고 되는 일이 있겠소? 깊은 명상에 잠길 수 있고, 끈기 있게 기다릴 수 있으며, 단식할 수 있다면 누구나 나처럼 마법을 부릴 수 있고, 목적에 이를 수가 있는 거요."

카말라는 그의 목소리가 좋았다. 그의 반짝이는 눈동자에도 호감이 갔다.

"당신이 워낙 미남인 데다 눈빛이 여자들의 호감을 사서 행복이 쉽사리 찾아드는지도 모르죠."

"그렇다면야 오죽 좋겠소. 나의 스승이여! 내 눈빛이 언제나 당신을 기쁘게 하길! 당신이 보내주는 행복이 언제나 나를 맞아주길!"

싯다르타는 카마스와미의 호화로운 집을 찾아갔다. 하인은 그를 고급 융단이 깔린 방으로 안내했다. 이윽고 카마스와미가 들어왔다. 백발이 성성하며 민첩하게 움직이는 사람이었다. 영리하고 신중해 보이는 눈에 탐욕스러운 입을 가지고 있었다.

"들자하니 당신은 바라문이고 학자라던데 나 같은 상인 밑에서 일하기를 원한다고요? 생활이 궁핍해서 그러는 거요?"

"아닙니다. 저는 지금까지 궁핍해 본 적이 없습니다. 오랫동안 수도생활을 해왔으니까요."

"수행승이 어찌 곤궁하지 않을 수 있겠소? 수행승이란 자기 소유라고는 전혀 없는 사람들인데."

"당신이 생각하고 있는 의미의 소유는 물론 없습니다. 그러나 그것은 자발적으로 그렇게 하는 것입니다. 그걸 곤궁하다고 할 순 없지요."

"아무것도 가진 것이 없는데 어떻게 살아나갈 생각이오?"

"아직 그 점에 대해서는 생각해 보지 못했습니다. 3년 넘게 한푼 없이 살아오면서도 여태껏 살아가는 문제는 생각해 본 적이 없었으니까요."

"그렇다면 다른 사람의 소유물로 살아온 것이라고 할 수밖에 없지 않소?"

"아마 그럴 테지요. 하지만 그건 상인도 마찬가질 겁니다."

"사실이오. 그러나 나는 남의 것을 공짜로 손에 넣은 일은 없소. 대신 상품을 제공하니까."

"사실 모두가 그와 비슷한 관계를 갖고 있습니다. 누구나 주고받고 하지 않습니까? 인간의 생활이 다 그렇지요."

"당신은 가진 것이 없는데 어떻게 남에게 무엇을 줄 수 있단 말이오?"

"누구나 자기가 갖고 있는 걸 주게 마련이지요. 부자는 힘을 주고, 상인은 상품을 주고, 교사는 가르침을 주고, 농부는 쌀, 어부는 생선을 주지요."

"옳은 말이오. 그런데 당신은 무엇을 주겠소? 당신이 배워서 얻은 것은 무엇이며, 할 수 있는 일은 무엇이오?"

"저는 깊은 명상에 잠기고, 끈기 있게 기다릴 수 있습니다. 단식도 할 수 있고요."

"그게 전부인가요?"

"전부인 것 같습니다."

"그런 것이 무슨 소용이 있소? 단식 같은 것이 무슨 도움이 되나요?"

"그것은 매우 괜찮은 일입니다. 먹을 것이 없을 때 사람이 취할 수 있는 가장 현명한 방법은 단식입니다. 제가 단식하는 법을 배우지 않았다면 지금쯤 어떤 일이라도 하려고 들 것입니다. 어떤 사람의 일이든, 어디든 가리지 않고 말이죠. 배가 고파서 그렇게 할 수밖에 없었을 테니까요. 그러나 저는 차분히 기다릴 수 있습니다. 초조하게 생각하지도 절박해하지도 않은 채 오랫동안 굶어도 웃어넘길 수 있습니다. 그런 의미에서 단식은 도움이 되는 겁니다."

"하긴 그렇군요. 잠깐만 기다리시오."

카마스와미는 밖에 나가 두루마리 종이를 들고 오더니 싯다르타에게 넘겨주었다.

"이걸 읽을 수 있겠소?"

매매계약서였다. 싯다르타는 그것을 읽어 내려갔다.

"대단하군!"

상인은 감탄했다.

"이 종이에 몇 자 써주겠소?"

상인은 종이와 붓을 주었다. 싯다르타는 글을 써서 종이를 되돌려주었다. 카마스와미가 받아 읽었다.

『글 쓰는 것은 훌륭한 일이다. 그러나 생각하는 것은 더욱 훌륭한 일이다. 지혜로운 것은 훌륭한 일이다. 그러나 참는 것은 더욱 훌륭한 일이다.』

"정말 달필이군요. 앞으로 의논할 일이 많겠소. 내 집에 머물러 주시오."

누구의 밥을 먹고 사는가

"당신은 나의 밥을 얻어먹고 있다는 사실을 잊지 마시오."
"나는 나의 밥을 먹고 있습니다. 아니, 우리 둘 다 다른 이들의 밥을, 모두의 밥을 먹고 있는 것이죠."

싯다르타는 고맙다는 인사를 하고 상인의 집에 머물렀다. 주인은 싯다르타에게 옷과 신을 주고 하인 한 명이 날마다 목욕물을 준비해 주었다. 그리고 하루 두 끼씩 푸짐한 식사를 대접했다. 그러나 싯다르타는 한 끼만 먹고 고기와 술은 입에도 대지 않았다.

카마스와미는 싯다르타에게 장사에 대해 알려주고 창고와 장부도 보여주었다. 싯다르타는 새로운 것을 많이 배웠다. 그는 많이 들었지만 말은 적게 했다. 그리고 카말라의 말대로 상인에게 복종하는 사람이 아니라 대등한 위치에서, 아니 그 이상의 위치를 견지했다. 카마스와미는 장사에 신경을 쓰고 열정적으로 일했다. 하지만 싯다르타의 눈에는 모두 장난처럼 보였다. 장사하는 법은 열심히 배웠지만 장사 자체에는 조금도 마음이 끌리지 않았다.

카마스와미의 집에 들어간 지 얼마 안 되어 싯다르타는 장사를 도맡게 되었다. 날마다 좋은 옷에 좋은 신을 신고 약속한 시간에 카말라를 찾아갔다. 손에는 항상 선물이 들려 있었다. 탐스런 그녀의 입술과 날씬한 팔에서 그는 많은 것을 배웠다. 사랑에 있어서는 아직 어린아이인 그에게, 끝없는 구덩이 속으로 뛰어드는 것처럼 맹목적이고 지칠 줄 모르며 쾌락을 즐기려는 그에게 그녀는 기본적인 것부터 체계적으로 가르쳐 주었다. 쾌락을 주지 않고서는 쾌락을 받을 수 없으며, 모든 동작, 애무, 접촉, 눈길, 육체의 조그만 부분까지도 저마다 비밀을 품고 있으며, 그 비밀은 촉발시킬 줄 아는 사람에게 언제든 행복을 가져다준다는 것이었다. 그리고 서로 상대방을 아끼되 정복하고 정복당해야 하며, 한쪽이 만족을 느끼지 못하거나 지나치게 행동하거나 함부로 다루면 사랑의 향연은 원만할 수 없다는 것을 가르쳐 주었다. 그는 아름답고 지혜로운 예술가와 황홀한 시간을 보내면서 그녀의 제자이자 애인이자 친구가 되었다. 싯다르타에겐 인생의 의미와 가치가 카마스와미의 장사가 아니라 카말라의 사랑에 있었다.

　상인은 중요한 편지나 계약서를 모두 싯다르타에게 맡기고, 중요한 일은 반드시 그와 의논하게 되었다. 상인은 싯다르타가 쌀이나 양털, 항해나 장삿속에 대해서는 잘 모르지만, 그에게 행운이 따라다닌다는 사실을 알게 되었다. 평온한 마음으로 남의 말을 잘 알아듣고, 상대방의 마음을 꿰뚫어 보는 점에서 자기보다 월등하다는 사실도 알게 되었다. 그는 친구에게 이렇게 말했다.

　"그 바라문은 진짜 장사꾼은 못 돼. 앞으로도 되지 못할 거야. 장사에 신경을 쓸 사람이 아냐. 그렇지만 장사를 저절로 성공하게 하는 비결을 갖고 있어. 타고난 행운 덕분인지, 마법을 쓰는 건지, 수행승들에게서 배운 것인지는 알 수 없지만 말이야. 그는 장사를 장난으로 여기고 파고들지도 않아. 무엇보다 실패를 두려워하지 않지. 그래서 손해를 봐도 태평이야."

친구가 상인에게 충고했다.

"이득이 있을 경우엔 그에게 3분의 1을 주고, 손해가 나면 3분의 1을 변상하도록 하게. 장사에 열의를 갖게 될 걸세."

카마스와미는 그 충고대로 했다. 그러나 싯다르타는 조금도 달라지지 않았다. 이득이 있으면 천연스럽게 주머니에 넣으면서도, 손해를 보면 웃으면서 이렇게 말했다.

"이런, 실수를 했군."

그는 정말 장사에 관심이 없어 보였다. 한번은 쌀을 대량으로 사들이기 위해 농촌에 갔었다. 그런데 그곳의 쌀은 이미 다른 상인이 다 사가고 없었다. 그런데도 그는 그곳에 머물면서 농부들과 어울려 놀고 어린애들에게 동전을 나눠주고 잔칫집에 드나들며 며칠을 보내고 돌아왔다. 카마스와미는 시간과 돈을 낭비했다고 그를 나무랐다. 그러자 싯다르타가 말했다.

"그런 잔소리는 그만하시오. 잔소리를 하면 일이 더 안 되니까요. 손해를 보았다면 내가 변상하지요. 나는 이번 여행에서 얻은 게 적지 않습니다. 사람들과 어울려 배운 점이 한두 가지가 아니에요. 어떤 사람은 내 친구가 되고 어린애들은 내 무릎 위에 올라앉아 놀고 농부들은 논밭을 구경시켜 주었어요. 나를 상인으로 대하는 사람은 한 명도 없었죠."

카마스와미는 화를 참지 못했다.

"당신은 장사를 하러 간 거지, 놀러간 게 아니란 말이오."

"그렇지요. 그렇지 않다면 무엇 하러 여행을 하겠습니까? 그런데 나는 이번 출장에서 많은 사람을 알게 되었고 토지에 대해서도 배운 게 많아요. 친절과 신뢰가 무엇인지 알게 되었을 뿐 아니라 우정도 발견했어요. 당신이었다면 장사가 될 것 같지 않다는 걸 깨닫자마자 불쾌한 마음으로 돌아왔을 테지요. 그렇다면 그건 정말 시간과 돈 낭비밖에 안 돼요. 그러나 나는 즐거운 나날을 보내면서 이것저것 많이 배웠어요. 불쾌해서 찡그리거나 남을 괴롭히지 않았어요. 다음 추수 때 그곳으로 쌀을 사러 가든지 다른 장사일로 갔을 때 그들이 나를 반겨주지 않겠습니까? 그때는 큰 성과를 올릴 수 있을 겁니다. 당신은 내가 경솔하게 처신하지 않은 것을 칭찬하게 될 겁니다. 무엇보다 마음을 올바로 가져야 해요. 남에게 잔소리를 해 자신마저 불쾌해지지 마십시오. 내가 당신에게 손해만 입힌다고 생각되면 서슴지 말고 말해주세요. 즉시 떠나겠습니다. 그때까진 서로 불만을 갖지 않도록 합시다."

"당신은 나의 밥을 얻어먹고 있다는 사실을 잊지 마시오."

"나는 나의 밥을 먹고 있습니다. 아니, 우리 둘 다 다른 이들의 밥을, 모든 사람의 밥을 먹고 있는 것이죠."

싯다르타는 카마스와미가 아무리 걱정해도 아랑곳하지 않

았다. 카마스와미는 유달리 걱정이 많은 사람이었다. 거래가 깨질 것 같다든지, 보낸 물건이 없어지거나 남에게 꿔준 돈을 못 받게 되었을 때는 비탄과 분노로 잠을 이루지 못했다. 싯다르타는 절대로 그런 일이 없었다.

한번은 카마스와미가 싯다르타에게 말했다.

"그래도 나한테 많은 걸 배우지 않았소?"

"놀리는 겁니까? 당신에게 배운 것이라고는 고작 바구니에 가득 든 생선 값은 얼마고, 거둬들일 소작료는 얼마 같은 사소한 것밖에 없습니다. 그게 당신 지식의 전부죠. 나는 당신이 사색하는 걸 본 적이 없습니다. 앞으로는 나에게 그것을 배우십시오."

자신의 궤도를 가진 별처럼

세상사람들은 대부분 바람 따라 공중에서 빙글빙글 돌다가 땅에 떨어져 굴러다니는 낙엽과 같은 존재다. 자신의 궤도를 가진 별 같은 사람은 드물다.

싯다르타의 관심은 장사에 있지 않았다. 카말라를 위해 돈을 버는 데 장사가 알맞을 뿐이었고, 장사를 하면 필요한 것보다 많은 돈을 벌기 때문이었다. 그의 흥미나 호기심은 장사보다 거래하는 사람들에게 있었다. 그들의 흥정, 일거리, 걱정, 쾌락, 어리석음 등. 전에는 달나라 이야기처럼 거리가 먼 일이었지만 지금은 친밀감이 느껴졌다. 그들과 함께 살며 이야기를 나누고 배우는 것은 아주 쉬웠다.

또한 자신은 그들과 다른 도를 체득하고 있다는 사실을 깊이 깨닫게 되었다. 그가 사랑하기도 하고 멸시하기도 하는 이 사람들은 어린애나 동물에 가까운 생활을 하고 있었다. 그들은 속된 일에 관심을 가졌다. 싯다르타에게는 전혀 가치가 없어 보이는 것임에도 그것에 괴로워해 머리가 허옇게 세는 사람들 — 그들은 돈을 위해, 쾌락을 위해, 하찮은 명예를 위해 애쓰고 서로 탓하며 헐뜯고 있었다. 수행승이라면 웃어넘길 수 있는 괴로움에 대해서도 그들은 울고불고 야단이었으며, 수행승이라면 느끼지도 않을 궁핍에 배를 움켜쥐고 있었다.

그는 자신을 찾아오는 모든 사람을 반겼다. 삼베를 팔러 오는 상인도, 한 시간씩이나 자신의 궁한 처지—가난 운운하지만 수행승보다는 갑절이나 풍족한—를 늘어놓으며 구걸하려 온 사람도 환영했다. 그리고 외국의 돈 많은 상인을 대하거나 수염을 깎아주는 하인을 대하거나 바나나를 파는 행상을 대할 때도 태도에 변함이 없었다.

때로 카마스와미가 돈벌이로 통사정을 하거나 사업 문제로 책망을 할 때도 호기심을 가지고 그의 이야기에 귀를 기울였다. 의심이 없지 않았지만 그를 이해하려고도 애써 보았다. 그러나 필요한 말만 듣고 나서 자기를 찾아온 사람이라도 있으면 그를 상대하러 갔다. 주인이라고 해서 깍듯이 대하지는 않았다.

그를 찾아오는 사람은 많았다. 그와 거래하기 위해, 그를 속이거나 몰래 살펴보기 위해, 동정을 얻거나 충고를 듣기 위해 찾아오는 이들을 일일이 맞아 주었다. 충고할 사람에게는 충고하고, 동정할 사람에게는 동정하고, 자기를 속이려는 사람에게는 좀 속아주기도 했다. 그들을 대할 때는 탐욕스러운 행동과 의욕 탓에 신(神)들과 범(梵)을 섬길 때처럼 피로를 느꼈다.

그는 때로 나직한 목소리로 탄식하곤 했다. 자신은 이상한 생활을 하고 있으며 장난 같은 일을 하고, 이따금 유쾌하고 즐겁기는 하지만 진실한 생활을 외면하고 있다는 사실을 깨닫곤 했다. 그는 공놀이를 하듯 장사를 가지고 놀았고, 주위

사람들도 갖고 놀았다. 그들에게 흥미를 느껴 농담도 했지만 그들을 본심으로 대할 수는 없었다. 샘의 원천은 그의 눈에 보이지 않는 먼 곳으로 흘러가 그의 생활과는 아무 관계도 없게 되었다. 그는 가끔 이런 생각에 깜짝 놀라기도 했지만, 한편 이처럼 어린애 같은 생활을 열정을 갖고 - 방관자의 태도로서가 아니라 - 진심으로 즐겁게 해나갈 수 있기를 바라기도 했다.

그는 아름다운 카말라를 찾아가 애무의 기법을 즐겨 배우며 주는 것과 받는 것이 서로 들어맞는 애욕에 잠기곤 했다. 그는 카말라와 사랑을 속삭이고, 그녀에게서 배우고 충고를 주고받기도 했다. 카말라는 고빈다보다 싯다르타를 더 잘 이해하고 있었다. 어느 날 그는 카말라에게 말했다.

"당신은 나와 거의 다름없소. 당신은 다른 사람들과는 다르오. 당신의 마음속에는 안식처가 마련되어 있소. 내가 그렇듯이 당신도 그 속에 들어가 혼자 즐길 수 있을 거요. 누구나 그렇게 할 수 있지만 실제로 그렇게 하는 사람은 몇 안 되지."

"누구나 지혜롭다고 할 수 없으니 그럴 수밖에요."

"그건 지혜롭거나 어리석거나 하는 것과는 다른 문제라오. 카마스와미만 하더라도 나만큼 지혜롭다고 할 수 있지만, 자신 속에서 쉴 수는 없는 사람이오. 반면에 이성(理性)은 어린애에 지나지 않는데도 그렇게 하는 사람을 이따금 볼 수 있소. 세상사람들은 대부분 바람 따라 공중에서 빙글빙글 돌다가 땅에 떨어져 굴러다니는 낙엽과 같은 존재요. 자신의 궤도를 가진 별 같은 사람은 드물다오. 내가 아는 많은 학자와 수행승들 가운데서 이런 사람은 단 한 사람밖에 없소. 그는 내가 평생 잊을 수 없는 완벽한 인격의 소유자지. 바로 세존이신 고타마요. 수천의 젊은이가 날마다 그의 설교를 듣고 그의 가르침과 계율을 소중히 여기고 있소. 그렇지만 누구도 자신의 법칙과 교의는 갖지 못하고 있소."

"또 그분 이야기군요. 아직도 수행생활을 못 잊으세요?"

싯다르타는 잠자코 있었다. 이윽고 둘은 서로 애무하기 시작했다. 카말라가 알고 있는 삼사십 가지 중 하나의 테크닉이었다. 카말라의 몸은 호랑이 허리처럼 사냥꾼의 활처럼 곡선의 촉감이 느껴졌다. 카말라의 애무를 받는 사람은 누구라도 극도의 쾌락과 비법에 정통하게 되고 말았다.

카말라는 시간을 끌면서 싯다르타를 상대했다. 싯다르타를 끌어당겼다 밀어젖혔다 하면서, 그에게 애욕을 강요하기도 하고 스스로 나서서 허리를 꼭 끌어안기도 하면서 기교를 유감없이 발휘했다. 마침내 그녀에게 정복된 싯다르타는 지친 몸을 그녀 옆에 내던졌다. 그리고 푹 쉬었다. 그녀는 싯다르타의 위로 허리를 굽히고 오랫동안 피로한 눈을 들여다보았다.

"당신은 내가 만났던 어떤 남자보다 훌륭한 애인이에요. 누구보다도 강하고 부드러운 사람이에요. 당신은 나의 테크닉을 아주 쉽게 배우는군요. 내가 좀 더 나이가 들면 당신의 아들을 낳게 될 거예요. 그래도 당신은 수행승이어서 나를 사랑하지 않겠지만요. 물론 당신은 나뿐만 아니라 아무도 사랑하지 않으실 테죠. 그렇죠?"

"그럴지도 모르오. 그건 나나 당신이나 같소. 당신 또한 아무도 사랑하지 않을 거요. 사랑한다면 어찌 사랑을 기교로 행할 수가 있겠소? 우리 같은 인간들은 영원히 사랑을 못하고 말 거요. 그런 것은 어린아이 같은 사람들이나 가능한 거요. 그것이 바로 그들만의 비밀이오."

옹기장이의 물레

　부유함이 영혼을 병들게 하고 좀먹기 시작했다. 날이 갈수록 피로가 쌓이고 달이 갈수록 심해지다 해가 바뀔수록 거추장스러워졌다.

　싯다르타는 세속적인 생활을 이어갔다. 하지만 그 속에 빠진 것은 아니었다. 수행승으로서 수도하는 동안에 마비되어 버린 그의 관능이 되살아나 부귀영화를 누리고 세도도 부렸지만, 마음 한구석에는 수행승이 살아 있었다. 카말라는 그것을 잘 알고 있었다. 싯다르타의 생활을 한결같이 지배하고 있는 것은 역시 사색과 인내와 단식이었다. 어리석은 세속 사람들은 언제나 멀리 떨어져 있었다.

　싯다르타는 안락함에 젖어 세월이 자신을 좀먹는 것을 깨닫지 못했다. 싯다르타는 부자가 되었다. 집을 갖고 하인도 부리게 되었다. 강기슭에 별장도 마련했다. 사람들은 돈이나 조언이 필요할 때마다 그를 찾아왔다. 하지만 카말라 말고는 누구도 그와 친해지지 못했다.

　청년 시절, 고타마의 설교를 듣고 고빈다와 헤어지던 날에 느낀 숭고하고 명쾌한 깨달음과 엄숙한 기대, 스승의 가르침은 물론 스승까지도 버리고 홀로 자기 길을 가려던 굳은 결의, 신의 목소리를 들으려던 겸허한 마음은 옛이야기가 되어버렸다. 주위에서 흘러나오고 자기 안에서도 솟아오르던 신성한 샘물도 지금은 멀리서 아득히 소리를 내고 있었다. 하지만 수행승과 고타마와 아버지로부터 배운 것들은 오랜 세월이 흘러간 지금에도 머릿속에 남아 있었다. 절제 있는 생활, 명상의 희열, 사색의 보람, 육체도 의식도 아닌 자아, 영원한 자아에 대한 깨달음 등은 그대로 남아 있었다.

그러나 하나로 뭉쳐 먼지에 묻혀 있었다. 옹기장이의 물레가 세게 돌아가다 나중에는 약해져 멎어버리는 것처럼, 싯다르타의 마음속에 간직한 금욕과 사색과 분별의 바퀴도 지금까지 돌아가고는 있으나 점점 느려지기 시작해 거의 멈추게된 것이다. 마치 시들어가는 나무 밑동에 습기가 차서 점점썩어 가는 것처럼 속되고 게으른 타성이 마음속에 침입해 그를 억누르고 고달프게 하다가 나중에는 아주 잠들어 버리게한 것이다. 대신 그의 관능은 생생하게 되살아나 많은 애무의 기교를 배우고 많은 경험을 쌓았다.

싯다르타는 장사를 하고 사람을 거느리며 여자와 즐기는법을 배웠다. 좋은 옷을 입고 하인을 부리며 향기로운 물에목욕하는 법도 배웠다. 정성껏 요리한 맛 좋은 음식을 먹는법과 생선, 소고기, 새고기, 보약과 과자 먹는 법도 배우고 술에 취해 모든 것을 잊어버리는 법도 배웠다. 도박하고 장기를 두고 무희의 춤을 즐기고 가마를 타고 부드러운 잠자리에드는 법도 배웠다.

하지만 그는 언제나 자기가 다른 사람들과는 달리 훨씬 우월하다고 자부했으며 수행승들이 일반 사람들을 대하듯 그들을 비웃고 경멸했다. 싯다르타는 카마스와미가 짜증을 부리거나 속상해 할 때, 모욕을 느껴 분개하거나 장삿일로 시달릴 때면 으레 그를 비웃었다.

그런데 수확기가 지나고 장마가 걷히자 이런 그의 비웃음은 점점 희미해지고 그의 우월감은 시들어갔다. 재산이 늘어감에 따라 그도 소인배가 되어 공연한 근심걱정에 사로잡혔다. 속된 사람들을 은근히 부러워하기까지 했다. 소인을 닮아갈수록 자기는 갖지 못하고 그들에게만 있는 단 한 가지 때문에 그들을 부러워했다. 그들이 자기 생활을 가장 소중한 것으로 생각하는 점에서, 그들이 걱정이나 기쁨에 집착하는 점에서, 그들이 끊임없이 애욕에 잠겨 불안하면서도 달콤한 행복을 맛보는 점에서 그들을 부러워했다. 그들은 자신과 여자와 아들과 명예, 돈, 계획과 희망 등에 흠뻑 빠져 있었다. 그러나 그는 그들로부터 이 어린애 같은 기쁨과 어리석은 짓만은 배우지 않았다.

그는 그들에게서 그 자신이 경멸하던 불쾌감을 배웠다. 그래서 환락으로 밤을 지낸 이튿날 아침에는 기운이 빠져 늦게까지 자리에 누워 있곤 했다. 카마스와미가 사업을 걱정하는 것이 비위에 거슬린 나머지 화가 치밀어 못 견딜 때도 더러 있었다. 노름으로 돈을 잃고 분해서 고함을 지르기도 했다. 그는 아직 다른 사람보다는 영특하게 보였지만 얼굴에서 차차 웃음이 사라지고 부자들에게서나 볼 수 있는 특징이 하나둘씩 늘어갔다. 불만스럽고 기분 나쁜 표정, 화를 잘 내고 게

으르며 인정머리 없는 표정 같은 것이.

부유함이 그의 영혼을 병들게 하고 좀먹기 시작했다. 날이 갈수록 피로가 쌓이고, 달이 갈수록 심해지다 해가 바뀔수록 거추장스러워졌다. 새 옷이 날이 갈수록 해지고 빛이 바래고 더러워지고 주름이 잡히고 소맷부리에 여기저기 실밥이 드러나는 것처럼. 싯다르타의 생활은 점점 낡아버리고, 빛이 바래고, 더러워지고, 주름이 잡혀 환멸과 혐오에 사로잡히게 되었다. 싯다르타는 그런 것을 전혀 모르고 있었지만 그를 눈뜨게 한 황금시절에 그를 이끌어주던 분명한 마음의 소리가 지금은 침묵을 지키고 있다는 사실만은 알게 되었다.

쾌락과 욕망과 게으름, 나아가 그가 일찍이 어리석은 짓이라고 경멸하던 악덕, 곧 돈에 대한 탐욕 등이 그를 사로잡고 있었다. 그는 재물을 손에 넣어 부유해지려는 마음에 사로잡혀 유희나 장난의 기분은 씻은 듯이 가시고, 그런 것이 그를 결박하는 사슬이 되고 큰 짐이 되었다. 도박하는 동안 이상하게도 자신이 가장 경멸하던 집착의 구렁텅이로 떨어지고만 것이다. 수행승이 되기를 포기한 뒤로, 전에 어린애 장난이라고 비웃으며 경멸하던 돈과 귀중품을 거는 도박에 열중하게 된 것이다. 노름에 거는 물건은 너무나 값지고 어마어마한 것들이어서 감히 맞서는 사람이 드물 정도였다. 노름에서 그 저주스런 돈을 잃으면 화가 치밀면서도 한편 통쾌하기까지 했다. 그로서는 장사꾼들의 우상인 돈을 노름으로밖에 달리 노골적으로 비웃을 방법이 없었던 것이다. 그는 자신을 혐오하고 멸시하면서도 대담하게 계속 도박에 몰두했다. 수천 금을 한꺼번에 따고 잃고, 돈과 귀중품과 심지어 별장까지 걸고 따고 잃기를 반복했다.

그는 과감하게 배팅하며 노름을 할 때의 짜릿한 불안감을 즐겼다. 그 불안을 새롭고 풍부하게 하며 북돋아주기를 게을리 하지 않았다. 이런 불안을 통해서만 행복과 도취와 혐오스러운 이 속된 생활에서 어떤 긴장을 느낄 수 있었기 때문이다. 그러다 노름에서 큰돈을 잃으면 이를 채우기 위해 장사에 열을 올리고 채무자를 독촉했다. 다시 노름을 하고 낭비해 돈을 경멸하고 싶었기 때문이다. 이제 싯다르타는 손해를 보는 일에 태연하지 못했다. 빚을 얼른 갚지 않는 자는 가만두지 않고 더욱 볶아댔다.

그는 이제 애원하는 사람에게 돈을 빌려주거나 그냥 주는 기쁨을 잃고 말았다. 예전에는 천만금을 한순간에 잃고서도 껄껄 웃어넘기던 그가 지금에 와서는 장사에 노랭이가 되고 돈에 구두쇠가 되었다. 심지어 잠잘 때도 돈 꿈을 꾸었다. 그는 가끔 무서운 악몽에 소스라치며 깨어나 벽에 걸린 거울에 비친 나이 들고 밉상스런 자기 얼굴을 보곤 부끄러워했다. 그리고 정나미가 떨어졌다. 그럴 때마다 그는 도망갈 구멍을 찾았다. 새로운 행복을 구해 주색에 빠졌다. 그러다가 다시 돈을 벌려는 본능의 세계로 되돌아오곤 했다. 이 무의미한 순환 속에서 그는 지치고 늙고 병들어 갔다.

인생의 가을이 두려운가

<u>아무런 목적도 없이 오래 걸어온 데서 느끼는 피로. 그것은
늙음에 대한 두려움, 인생의 가을을 맞이한 두려움, 죽음에
대한 두려움이었다.</u>

어느 날 그는 꿈속에서 예감이 들었다. 그날 오후에 그는
아름다운 정원에서 카말라와 함께 지냈다. 그들은 나무 밑에
앉아 서로 다정하게 이야기를 주고받고 있었는데, 카말라가
문득 슬픔에 잠겨 끔찍한 말을 했다.

"고타마에 대해 말해 주세요. 그 분의 눈은 얼마나 밝고, 입
술은 얼마나 단아하고 아름다운가요? 웃음은 얼마나 인자하
고 걸음걸이는 얼마나 평화롭고요?"

그는 그녀에게 자기가 존경하는 붓다에 대해 이야기를 해
줄 수밖에 없었다. 그러자 그녀는 깊게 한숨을 내쉬며 말했
다.

"머지않아 나도 그분을 따라가야 할까 봐요. 내 정원을 그
분에게 드리고 그 가르침에 귀의하게 될 거예요."

이렇게 말하고 나서 다시 싯다르타를 유혹해 육체놀음을
시작했다. 그녀는 덧없고 순간적인 욕정에서 마지막 한 방울
의 단물이라도 짜내려는 듯 눈물을 머금고 그의 살을 물어뜯
으며 힘껏 껴안았다. 죽음과 욕정이 얼마나 가까운지를 이때
처럼 절실히 느낀 적은 없었다.

싯다르타는 카말라 옆에 누웠다. 그리고 그녀의 얼굴 옆으로 바짝 다가가 바라보면서 눈가와 입가에서 전에 없이 무서운 글자를 읽었다. 가는 금과 옅은 주름으로 된 글자, 가을과 늙음을 생각게 하는 글자였다. 싯다르타 자신도 이미 마흔이 되어 머리가 군데군데 희끗희끗했다. 아름다운 카말라의 얼굴에는 괴로운 빛이 서려 있었다. 목적도 없이 오래 걸어온 데서 느끼는 피로, 기울기 시작한 건강, 전에는 눈에 띄지 않던 우울한 빛을 읽을 수 있었다. 인생의 가을을 맞이한 두려움, 죽음에 대한 두려움이었다. 싯다르타는 탄식하며 카말라를 떠났다.

그날 밤, 싯다르타는 무희들을 불러 술을 마시며 환락에 빠졌다. 자정이 지나서야 고주망태가 되어 침대에 쓰러졌다. 지칠 대로 지치고 울분에 싸인 나머지 절망에 사로잡혀 좀처럼 잠이 오지 않았다. 구역질나는 술냄새, 아름다우면서도 서글픈 음악, 무희들의 요염한 웃음, 그녀들의 젖가슴과 머리에서 풍겨오는 향기가 혐오스럽기만 했다. 자기 머리 냄새와 입안의 술 냄새, 핏기 없는 피부는 불쾌하기 짝이 없었다. 잠 못 이루던 싯다르타는 향락과 악습과 무의미한 생활이 빚어 준 구토감에서 벗어나고 싶었다. 아침 일찍 일어난 사람들이 집 앞에서 서성거릴 무렵에야 그는 겨우 눈을 붙였다. 그가 꿈을 꾼 것은 그때였다.

카말라는 새장에 진기한 새를 한 마리 기르고 있었다. 아침마다 울던 새가 웬일인지 울음을 뚝 멈췄다. 이상한 생각이

들어 새장 안을 살펴보니 새는 죽어서 몸을 축 늘어뜨리고 있었다. 그는 새를 꺼내 손바닥에 놓고 흔들어 보다가 문밖 길가에 내던졌다. 순간 그는 소스라치게 놀랐다. 새와 함께 자기의 모든 가치를 내동댕이친 것 같았기 때문이다.

꿈에서 깬 그는 비탄에 빠졌다. 그동안 아무런 가치도 없는 무의미한 생활을 해왔다는 자책감이 그를 강렬하게 사로잡았다. 자기 생활 속에 가치 있고 소중하고 길이 보존할 만한 것이라고는 아무것도 없었다. 표류하다 해안으로 떠밀려 온 사람처럼 망연자실하고 있었다.

어리석은 장난, 소유

'지금 나는 정원의 망고나무 밑에 앉아 있다. 나의 정원에. 정원을 소유하는 것이 정당한 일일까? 어리석은 장난이 아닐까?'

그는 암담한 마음으로 정원으로 들어가 문을 잠그고 망고나무 밑에 앉았다. 마음속에서 죽음을, 가슴속에서 두려움을 느꼈다. 육신은 쇠약할 대로 쇠약해져 임종이 가까운 듯 보였다. 그는 오래도록 생각을 가다듬었다. 그리고 걸어온 삶을 돌아보았다.

'언제 참된 기쁨을 맛보았던가? 꽤 많은 행복과 기쁨을 누렸었지. 소년 시절 바라문에게서 칭찬받았을 때, 동료들보다 성전을 훨씬 잘 외었을 때, 학자들과 어울려 논쟁할 때, 의식의 조수로 뽑혔을 때 말야.'

당시 그는 마음속으로 이렇게 느꼈었다.

'너의 앞에 길이 놓여 너를 부르고 있다. 신들이 너를 기다리고 있다.'

청년으로 자라나 사색의 목표가 늘 동료들보다 훨씬 높을 때, 바라문의 의미를 고민할 때, 배움을 갈망할 때, 고민과 갈망 속에서도 기쁨을 느꼈다.

'너는 복 받은 사람, 앞으로 앞으로 나아갈지어다!'

그가 고향을 떠나 수행승생활을 택했을 때나 수행승생활

을 청산하고 붓다에게로 갔을 때나 다시 붓다의 길을 떠나 정처없이 방랑길을 걸어갈 때도 그런 행복을 느꼈었다. 하지만 그 뒤 대체 얼마나 이 행복을 느꼈던가! 또 얼마나 오랫동안 아무 발전도 없는 평탄하고 초라한 길을 걸어왔던가? 높은 목표도 갈망도 비약도 없이 쾌락에 이끌리면서도 결코 만족을 느끼지 못하고 몇 년 동안 헛수고만 해오지 않았던가? 여러 해 동안 아무런 깨달음도 없이 어린아이와 같은 무수한 사람 중 하나가 되어 버둥거려 왔다. 그런데 내 생활은 그들보다도 훨씬 가련하지 않았던가?

카마스와미 같은 인간들의 세계는 그에게 유희나 춤, 연극에 지나지 않았으며 그들의 뜻이나 두려움도 싯다르타에게는 우습게만 보였었다. 카말라만은 그에게도 사랑스럽고 가치 있는 존재였다. 그런데 지금도 그럴까? 그는 여전히 카말라를 필요로 하고, 카말라도 그를 필요로 하고 있을까? 그들은 끝없이 사랑의 유희를 되풀이해 왔다. 그러나 단순히 유희를 위해 산다는 것은 우스운 이야기가 아닌가? 그렇다. 그것은 우스운 일이다. 이 유희야말로 진짜 윤회인 것이다. 어린애들의 장난인 것이다. 한 번, 두 번, 열 번까지는 재미있게 그 장난을 할 수 있지만 무작정 되풀이하면 역시 진력이 난다.

이런 장난은 이미 끝장났다고 싯다르타는 생각했다. 더는 계속할 엄두가 나지 않았다. 생각만 해도 온몸에 소름이 끼쳤다. 순간 그는 그러한 생활이 마음속에서 묻히는 것을 느꼈다. 그날 싯다르타는 온종일 아버지와 고빈다를 생각하며 망고나무 밑에 앉아 있었다. 그는 또 하나의 카마스와미가 되기 위해 그동안 소중한 사람들을 잊어버렸던 것이다. 그는 밤이 이슥하도록 나무 밑에 앉아 별을 쳐다보며 생각에 잠겼다.

'지금 나는 정원의 망고나무 밑에 앉아 있다. 나의 정원에.'

순간 웃음이 나왔다.

'정원을 소유하는 것이 정당한 일일까? 어리석은 장난이 아닐까.'

이것도 끝장나고 말았다. 그런 것은 그의 안에서 죽어버렸다. 그는 벌떡 일어나 망고나무는 물론 자신의 정원과 이별했다. 그는 종일 아무것도 먹지 않았다. 배가 고팠다. 집과 침실과 침대와 음식이 가득 쌓인 식탁이 생각났다. 그는 피로한 얼굴로 쓴웃음을 짓고는 모든 것을 털어버리려는 듯 온몸을 마구 흔들었다. 그리고 자기의 모든 소유물에 작별을 고했다.

이날 밤 싯다르타는 정원을 나와 그 거리를 떠난 뒤로 다시 돌아오지 않았다. 카마스와미는 그가 도둑들에게 잡혀간 줄만 알고 오랫동안 수소문해 찾아다녔다. 그러나 카말라는 그를 찾지 않았다. 그녀는 싯다르타가 실종되었다는 소식을 듣고도 전혀 놀라지 않았다. 그런 일이 일어날 것을 미리 알고 있었던 것이다. 싯다르타는 수행승이요, 집 없는 순례자가 아니었던가. 그녀는 마지막으로 그와 만났을 때, 그가 자기 곁을 떠나리라는 것을 예감했었다. 이제는 그때 마지막으로 그를 마음껏 껴안은 것으로 그를 잃은 쓸쓸한 마음을 달래고 있었다. 한동안이나마 그와 한 몸이 되었던 것으로 만족했다.

카말라는 그가 없어졌다는 소식을 전해 듣고 새장 문을 열어 새를 날려 보냈다. 하늘로 날아가는 새의 모습을 오랫동안 물끄러미 쳐다보았다. 그 후로 카말라는 문을 닫아걸고 손님을 받지 않았다. 얼마 후 그녀는 싯다르타와 마지막으로 만난 날 자기가 임신했다는 사실을 알게 되었다.

거룩한 스승

정복해도 되살아나고, 죽여도 다시 살아나 기쁨을 앗아가고 두려움을 안겨주던 자아. 단식과 참회로 '나'를 죽이려고 애썼으나 헛일이었다. 내 가슴속에서 우러난 거룩한 말이 옳고, 어떤 스승도 나를 가르쳐 구제할 수 없다.

싯다르타는 거리에서 멀리 떠나 어느 숲 속을 헤매고 있었다. 다시 자기 집으로 돌아갈 수 없다는 것과 오랫동안 그런 생활을 진저리나게 맛보아 이제는 그것도 끝장났다고 생각했다. 그가 꿈꾸던 새는 죽어버렸다. 그의 몸은 윤회 속에 깊숙이 빠져들어가 마치 해면이 물을 빨아들이는 것처럼 불쾌한 죽음을 한껏 흡수했다. 세상은 권태와 천대와 슬픔과 죽음으로 가득 차 마음에 기쁨과 위안을 주는 것은 하나도 없었다. 자신을 좀 더 알려는 의욕은 사라지고 쉬고 싶은 생각, 아니 죽고 싶은 생각뿐이었다.

'벼락이라도 맞았으면! 호랑이라도 물어 갔으면! 모든 것을 잊어버리게 하고 잠들게 해 다시 깨어나지 못하게 하는 약이라도 있으면 얼마나 좋을까. 내가 아직도 물들지 않은 오물이 남아 있을까? 아직도 범하지 않은 죄와 저지르지 않은 어리석은 짓이 있을까? 내가 느끼지 못한 영혼의 황무지가 남아 있을까? 내가 더 살 수나 있을까? 내가 계속 숨을 쉬고 굶주림을 느끼며 먹고 자고 애인 옆에 누울 수 있을까? 윤

회의 바퀴는 돌대로 돌고 나서 이제 멎어버린 것은 아닐까?'

싯다르타는 울창한 숲 근처 강가에 이르렀다. 젊었을 때 고타마가 머물던 거리를 떠나 뱃사공에게 건네 달라고 부탁한 그 강이었다. 몸은 피로와 굶주림으로 지쳐 있었다.

'더 갈 필요가 있을까? 어디로 더 간단 말인가?'

혼란의 꿈에서 깨어나 술을 토해 버리고 비참하고 부끄러운 생활을 청산하려는 바람뿐이었다. 강가에는 야자나무 한 그루가 서 있었다. 싯다르타는 나무를 두 팔로 끌어안고 강을 내려다보았다. 강물은 푸르게 흐르고 있었다. 순간 강물에 뛰어들고픈 충동을 느꼈다. 무서운 공허가 물속에서 노려보자 마음속 공허가 무서운지 이렇게 대답하는 것만 같았다.

'그래, 결말의 날이 온 거야. 나를 없애버리고 그릇된 생활에 젖은 몸뚱이를 부숴버리자.'

이 몸뚱이를 소리 높이 비웃는 귀신들 앞에 내던지는 수밖에 없다. 죽음, 그것은 그가 미워하는 몸뚱이의 파멸을 의미했다.

'이 개 같은 싯다르타를, 이 미친놈을, 이 썩어빠진 육신을, 이 나약하고 타락한 영혼을 물고기들이 뜯어먹었으면! 악어 떼가 와서 뜯어먹고 마귀들이 와서 찢어발기면 얼마나 좋을까?'

그는 얼굴을 찌푸리고 물속을 들여다보았다. 자신의 얼굴이 비쳤다. 그 얼굴에 침을 뱉었다. 이내 깊고 깊은 피로가 온몸에 몰려와 그는 나무를 끌어안은 팔을 풀어버리고, 물속에

곧장 빠지기 위해 몸을 조금 옆으로 돌렸다. 그리고 눈을 감았다.

그때였다. 멀리 그의 영혼 한구석에서, 피로한 생명의 한끝에서 '옴' 하는 외마디 소리가 들려왔다. 그냥 중얼거리는 소리였다. 모든 바라문이 염불을 시작하고 끝낼 때 하는 '완전하고 완성된 것'을 뜻하는 소리였다. 이 소리가 들려오자 졸고 있던 그의 정신은 순식간에 눈을 떠 자기 행동의 어리석음을 깨달았다.

싯다르타는 깜짝 놀랐다.

'내가 이렇게까지 제정신을 잃고 방황하는 어리석은 사람이 되었던가? 목숨을 끊음으로써 안식을 취하려는 이 어린애 같은 소망이 일어날 만큼 어리석었던가?'

오랜 세월 동안 모든 번뇌와 각성, 그리고 온갖 절망이 이루지 못했던 것을 '옴'이 그의 의식 속에 들어와 한순간에 이루었다. 불행과 미망 속에서 자기를 인식한 것이다.

"옴."

그는 혼자 되뇌었다. 그는 범(梵)을 깨달았다. 생명의 불멸을 느꼈다. 지금까지 잊어버렸던 모든 신성을 다시 의식하게 되었다. 찰나의 일이었다. 싯다르타는 야자나무 밑에 쓰러졌다. 입속으로 '옴'을 외며 나무 밑동을 베고 깊이 잠들었다. 참으로 오래간만에 깊은 잠에 빠졌다. 꿈도 꾸지 않았다.

몇 시간 뒤에 눈을 떠 보니 10년은 흘러간 것 같았다. 강물이 흐르는 소리가 나지막하게 들려왔다. 그는 여기가 어디이며, 어찌해 이곳에 와 있는지 도저히 알 수 없었다. 그는 눈을 들었다. 의아한 눈초리로 하늘과 나무를 두루 살펴보았다. 지금 자기가 어디 있으며, 어떻게 여기까지 왔는지 곰곰이 생각해 보았지만 알 수 없었다.

지난날의 모든 일이 장막에 싸인 것처럼 희미하게 동떨어져 자기와는 아무런 관계도 없는 것 같았다. 다만 그는 자기가 지금까지의 생애(처음 회상하던 순간에는 과거의 모든 생활은 멀리 흘러가 버린 전생 같았다)를 증오하고 비탄에 젖어 목숨까지도 모조리 물속에 던져버리고, 강가 야자나무 밑에서 '옴'이라는 거룩한 말을 중얼거리다가 잠들었다는 사실, 잠에서 깨어나 지금 세상을 보고 있다는 사실만 의식할 수 있었다.

그는 나지막한 목소리로 자기를 잠들게 한 '옴'이라는 말을 외어 보았다. 그리고 그가 깊이 잠든 것은 오로지 '옴'을 불러 '옴'을 생각하고 말로 표현할 수 없는 완성된 '옴'의 밑바닥에 깊이 빠져들어감을 의미한다고 생각했다.

그는 놀랄 만큼 깊이 잠들었다. 그렇게 머리가 산뜻해지고 몸과 마음을 젊어지게 하는 잠은 자본 적이 없었다. 죽었다가 다시 새로운 형체로 살아났는지도 모른다. 아니다. 그는 자신을 분명히 의식하고 있었다. 싯다르타는 가슴속에 살아 있는 자아를, 고집 세고 괴벽한 자신을 잘 알고 있었다. 그러나 그가 많이 변한 것만은 틀림없는 사실이었다. 깊이 자고 새로운 마음으로 기쁨과 호기심에 충만해 깨어난 것이다.

싯다르타는 몸을 일으켰다. 누군가 곁에 앉아 있었다. 깊은 생각에 잠긴 듯이 보이는 누런 옷을 걸친 머리 깎은 사람이었다. 싯다르타는 머리칼도 수염도 없는 이 사람을 유심히 바라보았다. 이윽고 그는 이 승려가 청년 시절 친구로, 붓다에게 귀의한 고빈다임을 알아차렸다. 늙어 보였지만 얼굴에 옛 모습이 남아 있었다. 그 열의, 성실, 자비심, 심려가 그대로 서려 있는 듯이 보였다.

고빈다는 눈을 들어 자기를 바라보는 사람의 얼굴을 살펴보았다. 그러나 싯다르타를 알아보지 못했다. 싯다르타도 그것을 눈치챘다. 고빈다는 싯다르타가 잠에서 깨어난 것을 기뻐할 뿐이었다.

"당신은 어떻게 여기까지 왔소?"

"나는 세존 고타마의 제자요. 우리 일행이 이곳을 지나다 당신이 자는 것을 보고 깨우려고 했지만 워낙 깊이 잠들어 있기에 혼자 남아 당신을 지키고 있었소. 이런 곳에서 자는 것은 위험하오. 뱀과 맹수들이 나타나기도 하니까요. 그런데 나도 깜박 잠이 들었던 모양이구려. 미안하오. 당신이 깨어났으니 서둘러 일행을 뒤따라가야겠소."

"보살펴 주어서 고맙소. 세존의 제자들은 다들 친절하군요."

"그럼 가겠소. 몸조심 하시오."

"안녕히 가시오, 고빈다."

"앗, 내 이름을 어떻게 아시오?"

"나는 당신이 어려서 아버지 댁에 있을 때도, 바라문 학교 시절에도, 신에게 제사를 드릴 때도, 수행승의 길을 걸을 때도, 신성한 기원에서 붓다에게 귀의할 때도 당신을 알고 있었소."

"오, 자네는 싯다르타? 이제 자네를 알아보았네. 왜 몰라봤을까? 다시 만나게 되어 기쁘기 한이 없네."

"나도 기쁘네. 나를 보살펴주어 고맙네. 이제 어디로 갈 작정인가?"

"목적지가 있는 건 아닐세. 우리네 수행승들은 장마철을 빼고는 늘 여기저기 돌아다니면서 계율을 지키고 도를 설하며 시주를 받고 다시 떠나는 생활을 되풀이하지. 자네야말로 어디로 갈 작정인가?"

"자네와 같은 처지네. 정한 곳이 없네. 발길이 닿는 대로 다닐 따름이지."

"떠돌아다닌다고? 자네는 떠도는 사람 같지 않네. 좋은 옷을 입고 귀족의 신을 신고 머리에선 향수 냄새가 나지. 누가 수행승의 용모라고 생각하겠나?"

"자네 눈은 모든 것을 꿰뚫어보네. 나는 감히 자네에게 내가 수행승이라고는 하지 않았네. 떠돌아다니는 사람이라고만 말했지. 그래, 나는 지금 여기저기 돌아다니고 있는 중일세."

"나는 오랫동안 떠돌아다녔지만 자네 같은 사람은 보지 못했네."

"자네는 오늘 처음 이런 옷에 이런 신을 신은 떠돌이를 만난 걸세. 형체란 무상하지 않나? 옷이나 머리 모양뿐 아니라 우리 육체 자체가 말할 수 없이 무상한 걸세. 나는 부자였으므로 이런 옷을 입었네. 방탕한 속인이었으므로 이런 머리를 하고 있네. 부자였으나 지금은 그렇지 않네. 내일은 무엇이 되는지 알 수 없네."

"재산을 다 잃었나 보군."

"좀 더 정확히 말하면 내가 재물을 잃은 게 아니라 재물이 나를 잃은 걸세. 그것이 나한테서 떠난 것만은 사실이네. 형체를 가진 물건의 바퀴는 빨리 돌아가는 법이라네. 바라문이던 싯다르타는 지금 어디 있는가? 부자였던 싯다르타는 어디 있는가? 모두 덧없이 빨리 변하고 마네. 자네는 그 사실을 잘 알고 있을 걸세."

고빈다는 젊은 시절의 옛 친구를 의아스러운 눈으로 바라보다 허리를 굽혀 인사하고 떠나버렸다. 싯다르타는 미소를 지으며 그의 뒷모습을 바라보았다. 그는 아직도 이 성실하고 불안에 사로잡힌 친구를 사랑했다. 이상스러울 만큼 깊이 잠들었다가 깨어난 이 순간에 '옴'으로 마음이 충만한 그가, 사람과 그 밖의 만물을 어찌 사랑하지 않을 수 있으랴! 잠에서 깨어나 '옴'을 통해 그에게 나타난 이상한 일은, 그가 뭇사람을 사랑하게 되고 눈에 띄는 모든 사물을 사랑하게 된 것이다. 돌이켜볼 때, 전에 자신의 가장 큰 병폐는 그 어느 것도 사랑하지 못한 점이라고 생각하는 것이었다.

잠은 그를 소생시켰다. 배가 몹시 고팠다. 이틀이나 굶었기 때문이다. 굶주림에 익숙했던 것은 옛날 일이었다. 슬픈 얼굴로 웃음을 머금고 그때를 떠올렸다. 그는 카말라에게 세 가지 능력을 자랑한 적이 있었다. 단식, 인내, 사색의 능력을 자랑하며 큰소리 쳤었다. 그때는 그것이 전 재산이었다. 힘이요, 능력이었다. 매사에 부지런하고 괴로움을 무릅쓰던 젊은 시절 그가 배운 것은 그 세 가지 기술뿐이었다. 그러나 이제는 그것들도 다 그의 손에서 떠나버렸다. 그는 그것들을 멸시하고, 덧없는 육체의 향락과 안일한 생활과 부귀를 위해 내동댕이쳤다. 기이한 길을 걸어온 것이다. 그는 완전히 어린아이 같은 사람이 되어 버렸다고 생각했다.

싯다르타는 자기 처지에 대해 생각해 보았다. 생각하는 것조차 힘에 벅찼다. 거기서는 아무런 기쁨도 느낄 수 없기 때문이었다. 그는 돌이켜 생각해 보았다.

'지금 이 모든 것이 나에게서 덧없이 떠나버리고 어린 시절에 그랬던 것처럼 나는 또다시 태양 아래 혼자 서 있다. 내 것이라고는 아무것도 없다. 나는 아무것도 모른다. 나는 아무것도 할 수 없다. 배운 것이라고는 아무것도 없다. 이미 청년기를 넘고 머리가 반백이 되어 기력이 쇠한 오늘에 와서 다시 어린애 같은 생활을 시작해야 한다니, 이 얼마나 기이한 노릇이란 말이냐!'

그는 소리 내어 웃지 않을 수 없었다. 운명은 신기하기 짝이 없었다. 낭떠러지에서 굴러 떨어질 운명에 놓여 있었다. 그런데 그는 공허하고 헐벗고 어리석은 신세가 되었으나 괴로워하기는커녕 오히려 웃고 싶은 충동을 느끼고 있는 것이다. 자신에 대해, 기묘하고 어리석은 세상에 대해 크게 웃고 싶었다.

"너도 이제 늙어가는구나!"

혼잣말을 하면서 그는 한바탕 크게 웃었다. 그리고 문득 눈을 돌려 강물을 바라보았다. 강물은 아래로 아래로 흘러내리면서 무어라 노래하고 있었다. 강물을 보니 그도 즐거워 정답게 웃어 보였다. 얼마 전 그가 빠져 죽으려던 강이 아니던가? 그것은 백 년 전의 일이었던가, 아니면 꿈이었던가?

'실로 나의 생애는 기이하기 짝이 없었다. 미로와 같은 생애였다.'

소년 시절에는 신들에게 제사를 드리며 살아왔다. 청년 시절에는 고행자가 되어 사색과 명상을 하면서 범(梵)을 찾아 영원한 아트만을 숭배하며 살았다. 장년기에는 참회자가 되어 산에서 살며 더위와 추위에 시달리고, 굶주림을 참아가며 자신을 억누르는 법을 배웠고, 그 뒤 우연히 위대한 붓다의 가르침을 받고 크게 깨닫게 되었다. 세계가 하나로 되어 있다는 인식이 육신에서 피가 돌아가듯 내 머릿속에서 맴돌고 있었다.

그러나 나는 붓다와 위대한 지식을 등지고 다시 떠날 수밖에 없었다. 그곳을 떠나 카말라에게서 애욕을 배우고, 카마스와미에게서 장사를 배웠다. 돈을 모으고 또 낭비하며 배를 채우고 감각에 순종하는 생활을 배웠다. 나를 버리고 사색을

저버린 채 환락 속에서 여러 해를 보냈다. 그것은 인간으로부터 어린애로, 사색가로부터 어린애 같은 인간이 되는 것이었다. 그런데 그 길은 매우 즐거웠다. 하지만 내 가슴속에 숨어 있던 동경의 새는 아주 죽은 것이 아니었다.

이것이 그가 걸어온 지난날의 길이었다. 그는 다시 어린애로 돌아가 새 출발을 하기 위해 여러 가지 어리석은 일을 저지르고 죄를 짓고 과오를 범하고 혐오와 절망과 비탄을 겪을 수밖에 없었다. 그러나 새 출발을 하는 것은 옳은 일이었다. 그는 그 점에 대해 "네" 하고 수긍하며 빙그레 웃었다. 그는 절망에 빠져 어리석게도 자살까지 생각했었다. 그러나 하늘의 은혜를 체험하고 다시금 '옴'을 들으며 단잠에서 깨어났다. 자기 안에서 아트만을 발견하기 위해 어리석은 자가 되어야 했다. 부활하기 위해서는 죄인이 될 수밖에 없었다.

'나의 길은 나를 다시 어디로 인도할 것인가? 그 길은 어리석은 길이다. 그 길은 원을 그리며 뱅뱅 돌고 있다. 그 길이 어디로 향하든 나는 따라가리라.'

그는 이상하게도 가슴속에 기쁨이 복받쳐 오르는 것을 느꼈다. 그는 자신에게 물었다.

'대체 이 기쁨은 어디서 오는 걸까? 나를 구제해 준 그 깊은 잠에서 오는 것일까? 내가 입 밖에 낸 '옴'이라는 말에서 오는 걸까? 그렇지 않으면, 내가 그곳을 벗어나 얻은 도피생활에서 다시 자유로워져 어린아이처럼 하늘 아래 서게 된 데서 오는 것일까? 이 도피, 이 자유는 얼마나 소중한가! 내가 도망쳐 온 그곳에는 향유 냄새, 향료 냄새, 술냄새, 포식의 냄새, 권태의 냄새가 가득 차 있었다. 나는 부자의 세계, 식도락의 세계, 도박꾼의 세계를 얼마나 혐오했던가! 그 무서운 세계에 그토록 오래 머물러 있던 나 자신을 얼마나 미워했던가! 얼마나 나를 증오하고 멀리하고 해치고 괴롭히고 늙게 하고 못쓰게 했던가! 다시는 이전처럼 내가 현명하다고 자부하지 않으리라. 내가 나를 증오하며 그 어리석고 허망한 생활을 청산한 것은 잘한 일이요, 반가운 일이요, 치사한 일이었다. 싯다르타! 나는 너를 사랑한다. 너는 오랫동안 어리석은 생활을 하다가 깊이 깨닫게 되었다. 너의 가슴속에서 우는 새 소리를 듣고 이를 따라가려 한다.'

그는 이렇게 자신을 예찬했다. 자신에게 희열을 느꼈다. 텅 빈 위장에서 나는 신기한 소리를 엿들었다. 며칠 동안 한 조각 괴로움과 불행을 깡그리 씹어 삼켰다가 토해버린 것이다. 절망도 죽음도 씹어 삼킨 듯했다. 반가운 일이었다. 그렇게 하지 않았다면, 아직도 카마스와미 곁에 남아 돈을 모아 낭비하며 배에 살이 오르게 하는 한편 영혼을 메마르게 했을 것이다. 아직도 즐거운 지옥 속에 살고 있을 것이다. 위로의 손길을 구할 길 없어 절망한 나머지 흐르는 강물 위에 몸을 던져 자살하려던 그 순간이 없었다면, 지옥에서 헤어나지 못했을 것이다. 그가 이렇게 절망과 심한 증오를 느끼고 있으면서도 굴하지 않고 가슴속에 기쁨의 샘이 넘쳐흐르고, 동경의 새가 날개를 치고 있다는 데 기쁨을 감추지 못하고 빙그레 웃어 보이자 반백이 된 얼굴은 마냥 빛났다.

싯다르타는 다시 생각에 잠겼다.

'알아야 하는 것을 몸소 체험함은 반가운 일이다. 쾌락을 누리고 부유하게 산다는 것이 부러운 일이 못 되는 줄 어린 시절부터 알고 있었지만 그것을 직접 체험한 것은 지금이 처음이다. 나는 그것을 머릿속으로 안 것이 아니다. 눈과 마음, 배 속으로 알게 되었다. 그것을 알게 된 것은 반가운 일이다!'

그는 오랫동안 마음의 변화를 살피다가 즐겁게 노래하는 새 소리에 귀를 기울였다.

'이 새는 내 가슴속에 아직 살아 있었던가? 오랫동안 죽지 않고 있었던가?'

그렇다. 그의 가슴속에서 죽은 것은 다른 무엇, 죽기를 원하던 무엇이었다. 그것은 예전에 그가 참회할 때 죽이려던 것이었다. 그것은 소심하고 불안하고 거만한 자아였다. 오랫동안 싸운 끝에 정복하면 곧 다시 살아나고, 죽이면 되살아나 기쁨을 앗아가고 두려움을 안겨주던 자아였다. 죽어야 할 그가, 오늘 이 정든 강가의 아름다운 몸속에서 이미 죽었다고 단정하게 된 것은 이러한 '나'라는 자아였다. 그가 지금 어린애처럼 신뢰와 기쁨에 가득 차 어떤 두려움도 느끼지 않게 된 것은 이러한 '나'가 죽은 데서 오는 것이 아니겠는가.

이제 싯다르타는 예전에 자기가 바라문으로서, 고행자로서 왜 부질없이 '나'와 싸웠는지 알게 되었다. 게다가 너무나 많은 지식, 신성한 시, 번거로운 제사 규칙, 지나친 금욕, 지나친 고행, 노력이 오히려 '나'를 정복하는 데 방해가 되었다는 것도 깨닫게 되었다.

예전에 그는 오만으로 가득 차 있었다. 가장 현명하고 경건해 남보다 앞선 인격자요, 승려요, 현자로 자부했다. 승려근성과 오만불손한 자아의식 속에 '나'가 잠복해 자라고 있었다. 그동안 단식과 참회로 '나'를 죽이려고 애썼으나 헛일이었다. 가슴속에서 우러난 거룩한 말이 옳고, 어떤 스승도 자기를 가르쳐 구제할 수 없음을 알게 되었다. 그래서 속세에 들어가 쾌락과 권세와 여자와 돈 때문에 자기를 잃게 되었던 것이다. 장사꾼, 도박꾼, 주정꾼, 욕심꾸러기가 되어 자기 속에 숨어 있던 스승과 수행승을 죽여버렸던 것이다.

진절머리나는 몇 해 동안의 권태롭고 공허하고 무의미하고 타락한 생활이 끝에 이르고 절망에 빠져 방탕하고 탐욕스런 싯다르타가 죽기까지 참을 수밖에 없었다. 그 결과 '나'는 죽고 새로운 싯다르타가 잠에서 깨어난 것이다.

그는 더 늙어갈 것이다. 또한 죽어야 할 것이다. 그는 무상함을 느꼈다. 모든 게 덧없는 것이었다. 하지만 오늘 그는 젊고 어린 싯다르타로 다시 태어났다. 그래서 기쁨으로 가득차 있었다.

배에서 벌이 붕붕거리는 소리가 들렸다. 싯다르타는 명랑한 얼굴을 하고 강물을 들여다보았다. 그토록 아름다운 강물을 본 적이 없었다. 흐르는 물 소리와 그 모습이 어쩌면 그렇게 줄기차고 아름다운지! 강물이 자신이 미처 깨닫지 못하는 무언가를 말해주려는 것 같았다. 그는 이 강에 몸을 던지려고 했었다. 늙고 지친 나머지 절망에 빠진 싯다르타는 오늘 이 강에 빠져 죽었다. 강물에 애착을 느끼는 새로운 싯다르타는 다시는 강을 더럽히지 않겠다고 다짐했다.

여행자의 걸림돌

"나한테서가 아니라 이 강에서 배우게 될 거요. 누구나 이 강에서 모든 것을 배울 수 있소. 그동안 많은 사람을 건네주었지. 이 강은 여행자들에게 걸림돌이 되었을 뿐이오."

'이 강가에 머물러 있으리라.'

싯다르타는 그렇게 마음먹었다. 그가 일찍이 어린애 같은 사람들에게로 가던 길에 건너간 강이었다. 그때 어느 친절한 뱃사공이 강을 건네주었다. 그 사람을 찾아가자. 그 오막살이에서 낡아빠진 죽은 생활이 시작되었지만 그때만 해도 새로운 생활로 들어간 셈이었다. 이제 나의 새로운 생활도 거기서 시작해야 할 것이다.

그는 강기슭에서 정답게 흘러가는 수정같이 투명하고 신비로운 물결을 물끄러미 들여다보았다. 물속 깊숙한 곳에서 빛나는 진주가 솟아오르고, 물방울이 조용히 떠오르는 거울 같은 수면 위에는 푸른 하늘이 고요히 비치고 있었다. 강은 수많은 눈으로 그를 바라보고 있었다. 푸른 눈, 흰 눈, 수정 같은 눈, 하늘빛 같은 눈으로 보고 있었다.

그는 이 강물을 얼마나 사랑했던가! 또한 이 강물은 얼마나 그를 기쁘게 했던가! 그리고 그는 얼마나 이 강에 감사했던가! 그는 마음속에서 우러나는 이런 소리를 들었다.

'이 강물을 사랑하라! 이 강가에 남아 그 가르침을 배우라!'

그는 강물의 가르침을 배우려 귀를 기울였다. 흐르는 강물을 이해하는 사람은 다른 모든 것을 이해할 수 있으며, 인생의 비밀도 이해할 수 있을 것 같았다. 오늘 그는 물과 물의 많은 비밀 가운데 오직 그의 영혼을 붙잡는 하나의 비밀을 엿보았다. 이 물과 물은 꾸준히 흐르고 있으나 언제고 그곳에 머물러 있음을 보았다. 그리고 늘 그곳에 있어 언제나 같은 물로 보이지만 순간마다 새로운 물임을 보았다. 하지만 그 누가 이 사실을 이해하랴! 자신도 그것을 분명히 이해하지 못했다. 다만 그는 먼 기억을 더듬어 머릿속에 하나의 예감이 떠오르는 것을 느낄 따름이었다.

싯다르타는 일어났다. 배가 고파 못 견딜 지경이었지만 참기로 했다. 그는 강줄기를 따라 올라가면서 물소리에 귀를 기울였다. 배 속에서 다시 꼬르륵 소리가 났다. 나루터에 이르니 배가 기다리고 있었다. 배에는 젊은 수행승 시절 자기를 건네주었던 사공이 서 있었다. 싯다르타는 그를 곧 알아봤다. 몹시 늙어 있었다.

"강 건너로 건네주시렵니까?"

뱃사공은 고귀하게 보이는 사람이 맨발에 혼자인 것을 보고 놀라며 그를 배에 태우고 강기슭을 떠나 건너편으로 노를 저었다. 싯다르타는 사공에게 말을 건넸다.

"멋진 인생을 택했군요. 날마다 이 강에서 살며 물 위를 건너니 얼마나 즐거운 일이오."

"당신 말처럼 즐거운 일임에 틀림없죠. 그러나 모든 생활이다 그런 게 아니겠소? 노동이란 찬미할 만한 것이니까."

"그럴지도 모르지요. 그래도 당신의 생활이 몹시 부럽소."

"당신 같은 분은 곧 흥미를 잃어버리고 말 거요. 이런 일은 당신처럼 훌륭한 옷을 입은 분이 할 것이 못 되오."

"아까도 이 옷 때문에 의심을 받았소. 그래서 이 옷이 매우 성가시오. 차라리 당신에게 줄까 하오. 뱃삯도 없으니 말이오."

"그런 농담은 마시오."

"농담이라니요? 실은 벌써 오래전 일이지만, 당신이 뱃삯을 받지 않고 나를 건네준 일이 있소. 오늘도 그렇게 해주시오. 그 대신 이 옷을 드리겠소."

"그러면 당신은 무엇을 입고 여행하시렵니까?"

"나는 여행하고 싶은 생각이 조금도 없소. 당신의 헌옷이라도 얻어 입고 조수로 머물 수 있다면 더 바랄 게 없소. 당신의 제자가 되었으면 하오. 먼저 노 젓는 법을 배워야겠지요."

사공은 이 낯선 사람의 정체를 알아보려는 듯이 싯다르타를 한참 눈여겨 쳐다보았다.

"아하, 이제 생각 나오. 당신은 우리 집에 묵은 적이 있지요? 벌써 오래전 일이오. 20년도 더 되었을 거요. 우리는 이 강을 건너 작별을 했었소. 그때 당신은 수행승이 아니었소? 이름은 얼른 생각이 나지 않소마는……."

"싯다르타라오. 당신과 처음 만났던 때는 수행승이었소."

"반갑소. 싯다르타! 내 이름은 바스데바요. 오늘도 우리 집에서 묵으면서 그간 이야기를 들읍시다. 어디서 오는 길이며, 왜 좋은 옷이 거추장스러운지 궁금하구려."

그들은 강 한가운데 이르렀다. 바스데바는 물줄기를 거슬러 오르느라 뱃머리를 바라보면서 억센 팔뚝으로 힘껏 노를 저었다. 싯다르타는 그를 쳐다보면서 이 사람에게 호감을 느꼈던 수행승 시절의 마지막 날을 떠올렸다. 그는 기꺼이 바스데바의 초대에 응했다. 건너편에 이르렀을 때 싯다르타는 배를 말뚝에 비끄러매는 것을 거들어주고 나서 사공의 집으로 따라갔다.

사공이 빵과 차, 망고나무 열매를 내왔다. 해가 질 무렵 두 사람은 강가 나무 밑에 앉았다. 싯다르타는 사공에게 자신이 걸어온 지난날을 이야기했다. 오늘 그의 눈앞에서 그것을 본 것처럼 절망에 빠졌던 그때를 자세히 이야기했다. 밤이 이슥하도록 이야기는 그칠 줄 몰랐다. 바스데바는 그의 이야기에 열심히 귀를 기울였다. 소년 시절의 추억담과 수도생활, 그 밖에 그가 겪은 기쁘고 슬픈 일에 대해 빠짐없이 들었다. 남의 이야기를 즐기는 것이 사공의 가장 큰 장점 중 하나였다.

바스데바는 드물게 남의 말을 들을 줄 아는 사람이었다. 그는 한마디도 하지 않았다. 하지만 싯다르타는 그가 조용히 가슴을 터놓고 자기 이야기에 귀를 기울이며 한마디도 빼놓지 않으려는 태도로 초조한 빛도 없이 칭찬도 비난도 하지 않고 열심히 듣고 있다는 것을 알 수 있었다. 싯다르타는 이런 사람에게 자기의 체험담과 수도생활과 고뇌에 가득찬 생애를 모조리 들려주게 된 것을 기뻐했다.

이야기가 끝날 무렵, 강가의 나무 이야기며 커다란 절망, 신성한 '옴', 잠에서 깨어난 뒤의 강물, 사랑 등에 대해 말했을 때 사공은 눈을 지그시 감고 더욱 귀담아 듣고 있었다. 그러나 싯다르타가 침묵에 잠기고 그 침묵이 길어지자 바스데바가 입을 뗐다.

"당신 이야기가 내 마음을 울렸소. 강은 당신에게도 말동무가 되었구려. 반가운 일이오. 내 곁에 남아 주시오. 나는 아내가 있었소. 그러나 이미 죽은 지 오래요. 그 뒤로 혼자 살아왔지만 아내의 침대는 아직 내 침대 옆에 그대로 놓아두고 있소. 먹고살 만한 식량은 있으니 나와 함께 지냅시다."

"그대의 호의를 고맙게 받아들이겠소. 내 이야기를 끝까지 들어주어 기쁘오. 남의 이야기를 옳게 들을 줄 아는 사람은 극히 드물 거요. 게다가 당신처럼 잘 이해하는 사람을 나는 만나 본 적이 없소. 당신에게 그것도 배워야겠소."

"그건 나한테서가 아니라 이 강에서 배우게 될 거요. 이 강이 나에게 남의 말에 귀 기울이는 법을 가르쳐 줬으니까요. 이 강은 모르는 것이 없소. 누구나 이 강에서 모든 것을 배울 수 있소. 당신도 이미 이 강에서 무슨 일이든지 밑바닥까지 파고들어 깊이 탐구해야 한다는 것을 배우지 않았소? 학자이며 바라문의 아들로 부귀를 누리던 싯다르타가 뱃사공으로 노를 젓게 된 것도 이 강이 가르쳐 준 거요. 그 밖에도 이 강에서 배울 점이 많을 것이오."

"그 밖의 것이란 무엇을 말하는 것이오?"

바스데바는 자리에서 일어났다.

"밤이 깊었소. 그만 잡시다. 당신이 묻는 말에 대답할 필요가 없을 것 같소. 곧 그것들을 강에서 배우게 될 테니까. 어쩌면 당신은 벌써 알고 있을지도 모르오. 나는 학자가 아니라 말할 줄도, 생각할 줄도 모르오. 들을 줄이나 알고 경건한 마음을 가질 뿐이지요. 그밖에는 배운 것이 없소. 내가 그것을 입으로 가르칠 수 있다면 아마 현자 행세를 할 거요. 나의 하루 일은 사람들이 강을 건널 수 있게 해주는 것이지요. 그간 많은 사람을 건네주었지. 수천은 될 거요. 이 강은 여행자들에게 걸림돌이 되었을 뿐이오. 그들은 돈이나 장사나 결혼이나 순례 같은 것을 위해 여행을 하고 있었소. 그들은 장애물을 빨리 지나가길 바랐소. 그런데 수천의 여행자 가운데 네댓만은 이 강을 장애물로 보지 않았소. 그들은 강물의 속삭임에 귀를 기울였소. 그들에게는 강이 거룩한 것이었소. 자, 그만 자러 갑시다."

싯다르타는 바스데바에게 배 다루는 법을 배웠다. 강나루에서 할 일이 없을 때는 바스데바와 밭에서 일하기도 했다. 이따금 땔감도 긁어오고 열매도 따오곤 했다. 노 만드는 법, 배 고치는 법, 바구니 엮는 법도 배웠다. 하나하나 배워 나가는 것은 즐거운 일이었다.

강에는 현재만 있다

강은 근원이나 어귀나 폭포나 나루터나 여울이나 바다나 산에 동시에 있다. 강에는 현재만 있을 뿐 과거나 미래의 그림자가 없다.

세월은 화살처럼 흘러갔다. 강은 바스데바보다 많은 것을 가르쳐 주었다. 싯다르타는 강에서 조용히 기다리며 번뇌도 욕망도 판단도 의견도 없이 오직 듣는 법을 배웠다.

싯다르타는 바스데바와 정답게 지냈다. 하지만 오랫동안 깊이 생각해 온 몇 마디를 주고받기도 했지만, 바스데바는 싯다르타의 말동무가 되어 주지는 않았다. 싯다르타는 여러 번 이야기를 주고받으려고 했지만 헛수고였다. 어느 날 싯다르타가 물었다.

"시간이란 존재하지 않는다는 것을 강에서 배웠소?"

"그래요. 당신 말은 이런 뜻일 거요. '강은 근원이나 어귀나 폭포나 나루터나 여울이나 바다나 산에 동시에 있다. 강에는 현재만 있을 뿐 과거나 미래의 그림자가 없다.'"

"그렇소. 그것을 깨닫고 지난날을 돌이켜볼 때 내 생애 또한 하나의 강이더군요. 어린 시절의 싯다르타는 어른이 되고 늙어버린 싯다르타와 현실적으로 떨어져 있는 게 아니라 그림자를 통해 떨어져 있을 뿐이었소. 당신의 전생도 결코 과거가 아니며 죽음과 범(梵)으로 돌아가는 것도 미래의 일이라고 볼 수 없지요. 만물은 그 본질과 함께 현재에 살아 있을 뿐이오."

싯다르타의 얼굴은 환희로 가득 차 있었다. 깨달음이 그를 한없이 기쁘게 한 것이다.

"모든 두려움과 번뇌가 시간에 근원하는 것이 아닌가요? 모든 두려움과 고뇌는 시간에서 생기는 것이고요. 인간이 시간을 정복해 시간 관념을 없애면 모든 고난과 장애도 없어질 수 있는 게 아닐까요?"

바스데바는 빛나는 얼굴에 미소를 띠고 고개를 끄덕이며 싯다르타의 어깨를 가볍게 두드리더니 다시 일을 시작했다. 며칠 후 장마로 강물이 울부짖으며 넘쳐 흐를 때 싯다르타가 바스데바에게 말했다.

"강은 수천 가지 소리를 내오. 왕자의 목소리를 내는가 하면 투사의 목소리를 내고, 황소와 새 소리를 내는가 하면 아이 낳는 여인의 신음소리도 내오."

"모든 창조물의 소리가 이 강물 속에 있소."

"수천 가지 소리를 동시에 들을 수 있다면 강은 당신에게 무슨 말을 할까요?"

바스데바는 행복한 얼굴로 허리를 굽혀 싯다르타의 귀에 대고 말했다.

"옴!"

사실 싯다르타가 지금까지 들어 온 소리도 바로 그것이었다. 싯다르타의 웃음은 점점 바스데바의 웃음을 닮아가고 두 사람은 거의 같은 행복을 느끼게 되었다. 그들의 잔주름에도 한결같이 윤기가 흐르고 늙은 아이처럼 보였다. 나그네들은 두 사공을 친형제로 생각했다.

둘은 저녁이면 강가의 나무 밑에 앉아 물소리에 귀를 기울이곤 했다. 그들에게는 그것이 물소리가 아니라 생명과 존재의 목소리였으며 영원히 변화하는 만물의 소리였다. 그들은 강물 소리를 들으면서 같은 생각에 잠기곤 했다. 즐거운 강물 소리를 같이 들을 때면 그들은 마주보고 같은 생각에 잠기며 같은 물음에 대한 같은 견해에 공감의 기쁨을 느꼈다.

두 사공에게는 말할 수 없는 아늑한 기분이 감돌아 나그네 중에도 공감하는 이들이 있었다. 어떤 나그네는 자기 삶의 고민을 말하며 악을 뉘우치고 위안과 충고를 구하기도 하고, 어떤 나그네는 하룻저녁 함께 묵으면서 강물 소리를 듣고 싶다고도 했다. 호기심 많은 사람은 이 나루터에 두 현자, 마법사, 성인이 살고 있다는 소문을 듣고 찾아오기까지 했다. 그러나 그들은 마법사도 현자도 찾아볼 수 없었다. 따라서 아무런 충고도 받지 못했다. 그들의 눈앞에는 친절한 노인 둘이 있을 뿐이었다. 그들은 어처구니없는 표정으로 '사람들이 얼마나 어리석으면 이렇게 터무니없는 소문을 퍼뜨렸을까?' 하고 혀를 차며 돌아갔다.

세월은 덧없이 흘러갔다. 그러나 두 사공은 전혀 관심이 없었다. 어느 날, 붓다의 제자들이 몰려와 강을 건네 달라고 부탁했다. 그들은 스승께서 중병에 걸려 곧 열반에 드실 거라는 소식을 듣고 서둘러 가는 길이라고 했다. 얼마 뒤 다른 승려들도 몰려왔다. 모두 고타마의 입적을 이야기하고 있었다. 왕의 대관식이 있을 때 사방에서 모여들 듯이 그들은 마력에 이끌린 것처럼 붓다가 입적을 기다리는 곳을 향하고 있었다. 기적이 일어나기를 기대하며 세존의 열반을 지켜보려고 개미떼처럼 몰려가고 있었다.

싯다르타는 세상을 떠나는 위대한 스승을 생각했다. 수십만 중생을 일깨우던 아름다운 음성과 존경하는 마음으로 우러러보던 거룩한 얼굴이 떠올랐다. 그가 도를 완성하기에 이른 과정도 눈앞에 그려보았다. 자신이 젊은 시절 세존에게 한 말도 돌이켜 보았다. 당돌하기 짝이 없었다.

그는 자신이 고타마를 떠나 있지 않았다는 사실을 알고 있었지만 그 가르침을 그대로 따를 수는 없었다. 진리를 찾는 사람이라면 어떤 가르침도 그대로 받아들일 수 없을 것이다. 그러나 한번 진리를 찾은 사람이라면 그 모든 가르침과 길과 목표를 인정하리라. 거기까지 이른 사람은 영원 속에 살며 신의 세계를 호흡하는 수천의 다른 성자와 같은 생각을 하게 마련이다.

변함없이 유용한 사상

"여기 앉아 홀로 강물 소리를 듣고 있었소. 강은 나에게 여러 이야기를 속삭여 주었소. 변함없이 유용한 사상으로 내 마음을 가득 채워주었소."

"커다란 슬픔을 겪었구려. 그렇지만 당신의 마음속에선 아무런 비애도 찾아볼 수 없소."

많은 사람이 입적하려는 붓다를 찾아가던 어느 날, 카말라도 붓다가 있는 곳을 향하고 있었다. 그녀는 오래전에 유녀 생활을 청산하고 자신의 정원을 고타마의 제자들에게 바쳤다. 붓다의 가르침에 귀의해 순례자의 벗이 되어 그들에게 자비를 베풀었다. 그녀는 고타마의 열반이 가까워졌다는 소식을 듣고 어린 아들 싯다르타와 맨발로 길을 떠났다.

강가에 이르렀을 때, 어린 아들은 집으로 돌아가자고 엄마를 졸라댔다. 먹을 걸 달라며 울상을 짓고 떼를 썼다. 어린 아들은 왜 엄마와 함께 이 고통스런 순례를 하며 죽어간다는, 얼굴도 알지 못하는 사람에게 가야 하는지 전혀 알 수 없었다. 그가 죽는 것이 자신과 무슨 관계가 있다는 것인가!

모자가 바스데바의 나루터에서 얼마 떨어지지 않은 곳에 이르렀을 때 어린 싯다르타는 또 쉬자고 떼를 썼다. 카말라도 피로해 아들이 바나나를 벗겨 먹는 동안 주저앉아 눈을 감았다.

"악!"

카말라가 비명을 질렀다. 어린 아들은 깜짝 놀라 엄마를 쳐다보았다. 얼굴이 새파랗게 질려 있었다. 순간 엄마의 치마 밑으로 검은 뱀이 기어 나와 사라졌다. 모자는 사람을 찾아 가까스로 강나루 근처에 이르렀다. 카말라는 그 자리에 쓰러졌고 아이는 울음을 터뜨리며 엄마 목을 안고 볼을 비벼댔다. 카말라도 살려 달라고 소리를 질렀다.

그 소리는 바스데바에게까지 들려왔다. 바스데바는 급히 달려가 여인을 안아 배에 올려 놓았다. 아이도 뛰어와 배에 올라 탔다. 그들이 오두막에 도착했을 때 싯다르타는 아궁이에 불을 때려는 참이었다. 그는 고개를 들어 아이의 얼굴을 바라보았다. 순간 잊고 지냈던 옛 생각이 머릿속에서 가물거렸다. 그는 사공의 팔에 안겨 정신을 잃은 채 누워 있는 카말라를 곧 알아볼 수 있었다. 그리고 아이가 자기 아들이라는 것을 직감했다.

아이의 얼굴을 보니 자못 감회가 깊어 싯다르타는 가슴이 두근거렸다. 그는 카말라의 상처를 씻어주었다. 그러나 상처는 이미 거무스름해지고 온몸이 부어 있었다. 약을 먹이자 겨우 의식이 돌아왔다. 카말라는 싯다르타의 침대에 누워 있었다. 옆에는 그녀가 그토록 사랑하던 싯다르타가 맥없이 서 있었다. 모든 것이 꿈만 같았다. 그녀는 미소를 지으며 싯다르타의 얼굴을 쳐다보았다. 정신이 들자 그녀는 자기가 뱀에 물렸었다는 사실을 깨닫고 소리를 지르며 아들을 찾았다.

"걱정 마시오. 아이는 당신 옆에 있소."

싯다르타가 안심을 시키자 카말라는 그의 얼굴을 물끄러미 바라보았다. 이윽고 뱀독에 마비된 혀로 더듬거리며 말했다.

"꽤 늙었군요. 머리도 허옇게 되고. 그래도 누더기를 걸치고 맨발로 저의 정원에 찾아온 젊은 수행승의 모습이 남아 있네요. 저와 카마스와미를 버리고 떠나실 때보다 지금이 더 그 수행승을 닮은 것 같아요. 눈도 그때 눈이고요. 저도 많이 늙었죠? 저를 알아보시겠어요?"

"바로 알아보았소."

"저 애도 알아보시겠어요? 당신 아들이에요."

카말라는 눈시울이 뜨거워져 눈을 감아버렸다. 아이가 울기 시작했다. 싯다르타는 아이를 안아서 무릎 위에 올려놓고 머리를 쓰다듬으며 얼굴을 들여다보았다. 어린 시절 배운 바라문의 기도가 떠올랐다. 싯다르타는 천천히 노래를 부르듯이 기도의 구절을 외기 시작했다. 머나먼 어린 시절의 그에게서 흘러나오는 구절이었다. 아이는 노랫소리에 스르르 잠들었다. 이따금 소스라치면서 깨어나 훌쩍거리며 한참 울다가는 다시 잠들곤 했다. 싯다르타는 아이를 바스데바의 침대 위에 눕히며 밥을 짓고 있는 바스데바를 보며 눈웃음을 지었다. 바스데바도 빙그레 웃었다.

"아이 엄마는 살지 못할 거요."

싯다르타는 나지막한 목소리로 말했다. 바스데바는 잠자

코 고개만 끄덕였다. 자비로운 얼굴에 아궁이 불빛이 어른거렸다. 카말라는 다시 정신이 들자 극심한 고통으로 얼굴이 일그러졌다. 싯다르타는 그녀의 입술과 창백한 뺨에서 괴로움에 시달리는 흔적을 엿볼 수 있었다. 싯다르타는 조심스레 임종을 기다리며 사랑하는 사람의 괴로움을 함께 느꼈다. 카말라도 그것을 알아차렸다. 그녀의 눈은 싯다르타의 눈을 찾고 있었다.

"자세히 보니 당신 눈도 많이 변했군요. 이제야 알겠어요. 당신은 딴사람이 되었어요. 당신이 싯다르타라는 것을 무엇으로 알 수 있겠어요. 그래요. 당신은 싯다르타예요. 그러나 예전의 싯다르타가 아니에요."

싯다르타는 말없이 그녀의 눈을 바라보고 있었다.

"당신은 가려던 곳에 이르렀나요? 평화를 찾았나요?"

싯다르타는 미소를 지으며 자신의 손을 그녀의 손 위에 올려놓았다.

"저도 평화를 찾게 되겠지요."

"당신은 이미 그것을 찾았소."

싯다르타가 카말라의 귀에 속삭였다. 그녀는 싯다르타를 뚫어지게 바라보았다. 그녀는 고타마를 만나 그 완전한 인격자의 얼굴을 보고 마음의 평화를 찾으려 순례를 떠났던 일을 돌이켜 보았다. 붓다를 만나는 대신에 싯다르타를 만났지만, 붓다를 만난 것처럼 반가웠다. 카말라는 그러한 마음을 싯다르타에게 말하려고 했으나 혀가 제대로 돌지 않아 그저 바라볼 따름이었다.

싯다르타는 차츰 그녀의 눈에서 생기가 사라져가는 것을
볼 수 있었다. 마지막으로 그녀의 눈에서 고뇌가 사라지고
다리가 부르르 떨릴 때, 그는 손으로 그녀의 눈을 감겨 주었
다.

싯다르타는 오랫동안 카말라의 옆에 앉아 얼굴을 들여다
보았다. 여위고 주름진 입술을 들여다보며 젊은 시절에 그녀
의 입술을 신선하게 익은 무화과 열매에 견주어 보던 일을 떠
올렸다. 창백한 얼굴 위로 깊게 파인 주름살을 바라보니 자
신도 그 속에 끌려들어가는 것만 같았다.

그녀의 얼굴에서 똑같이 창백하고 윤기 없는 자신의 얼굴
을 발견했다. 동시에 붉은 입술과 타는 듯한 눈을 가진 그녀
의 젊은 얼굴이 눈앞에 나타났다. 그리고 현재와 똑같은 영
원이라는 감정이 가슴속에 가득해졌다. 그는 어느 때보다도
생명의 불멸과 순간의 영원성을 절실히 느낄 수 있었다.

그가 일어나자 바스데바가 식사를 권했으나 싯다르타는
조금도 생각이 없었다. 두 늙은이는 산양을 기르는 외양간
에 짚을 펴고 잠자리를 마련했다. 바스데바는 곧 잠이 들었
다. 그러나 싯다르타는 밖으로 나와 집 앞에서 밤을 지새웠
다. 물소리를 듣고 흘러간 지난날을 돌이켜보다 때때로 일어
나 창가로 가서 아이가 잘 자고 있나 들여다보곤 했다. 바스
데바는 아침 일찍 해 뜨기도 전에 외양간에서 나와 친구에게
로 왔다.

"밤을 새웠구려."

"여기 앉아 홀로 강물 소리를 듣고 있었소. 강은 나에게 여러 이야기를 속삭여 주었소. 변함없이 유용한 사상으로 내 마음을 가득 채워주었소."

"당신은 커다란 슬픔을 겪었구려. 그렇지만 당신의 마음속에선 아무런 비애도 찾아볼 수 없소."

"그럼요, 내가 왜 슬퍼하겠소. 전에도 그랬지만, 지금은 더욱 풍족하고 행복하오. 나한테는 아들이 하나 생겼소."

"나도 기쁜 마음으로 당신의 아들을 환영하오. 자, 일합시다. 할 일이 많소. 카말라는 내 아내가 죽은 침대 위에서 숨을 거두었소. 아내를 화장한 산에 카말라를 화장할 나무를 쌓아야겠소."

아이가 자는 동안 그들은 화장할 나무를 쌓아 올렸다.

이 길을 걷지 않는 사람이 있을까

"당신은 아들이 당신과 같은 길을 걸을까 봐 그러는 거죠? 당신은 아들을 윤회에 빠지지 않게 할 수 있겠소? 이 길을 걷지 않는 사람이 있으리라고 생각하오? 당신이 괴로움과 슬픔과 실망을 덜어준다고 해서 당신의 아들만은 그것이 가능할 것 같소? 당신이 아들을 위해 열 번 죽는다 해도 아들의 운명을 손톱만큼도 바꾸진 못할 거요."

아이는 하염없이 눈물을 흘리며 어머니의 장례를 지켜보았다. 싯다르타가 말했다.

"너는 내 아들이니 이 집에서 같이 살자."

어린 아들은 멍하니 듣고만 있었다. 풀이 죽어 종일 엄마 무덤 옆에 앉아 아무것도 입에 대지 않았다. 눈과 마음을 굳게 닫은 채 운명에 반항하고 있는 것 같았다. 싯다르타는 어린 아들이 가여워 하고 싶은 대로 하게 내버려 두었다.

그는 아들이 자기를 모르고 있으니 자기가 아들을 사랑하듯이 아들이 자기를 사랑할 수 없다는 것을 잘 알고 있었다. 아들은 지난 11년 동안 풍족하게 살아왔다. 맛있는 음식을 먹고 안락한 침대에서 자고 하인들을 부리는 습관에 젖어 있었다. 그런 생활에 길들여진 아들이 낯설고 가난한 생활에 바로 적응할 수 없는 건 당연했다.

그는 아들에게 어떤 것도 억지로 시키지 않았다. 어린 아들을 위해 열심히 일하고 맛있는 음식을 마련했다. 그는 자기가 친절하게 대하면 아들의 마음을 얻을 수 있으리라고 생각했다. 그는 아이와 처음 만났을 때 누구보다 행복했다. 그러나 시간이 지나도 아들은 자신을 따르지 않았다. 아무런 일도 하려 하지 않고 어른을 존경할 줄도 몰랐다.

싯다르타는 아들이 생겨 행복과 만족을 얻은 대신 괴로움과 걱정이 늘었다는 것을 깨닫게 되었다. 그래도 아들을 사랑했다. 아들 없이 행복하던 때보다 아들에 대한 걱정이 많은 지금이 더 좋았다.

아이와 살게 된 뒤로 두 늙은이는 일을 분담했다. 바스데바는 뱃일을, 싯다르타는 집안일과 밭일을 맡았다. 아들과 같이 있기 위해서였다.

싯다르타는 아들이 자신을 이해해 자신의 사랑을 받아들이고, 그 사랑을 자신에게 줄 때가 오기를 기다렸다. 바스데바도 마찬가지였다. 부자를 지켜보며 묵묵히 기다렸다.

어느 날, 아이가 아버지에게 떼를 쓰고 심술을 부리며 괴롭히더니 밥그릇을 내동댕이쳐 두 개나 깨뜨려 버렸다. 그날 저녁 바스데바가 싯다르타에게 말했다.

"당신을 위해 하는 말이니까 섭섭하게 듣지는 마오. 당신이 아들을 걱정하는 것은 나도 알고 있소. 당신의 아들은 나한테도 골칫거리요. 그 어린 새는 우리와는 다른 둥지에서 살아왔소. 당신처럼 부귀와 속세가 구역질이 나고 싫어서 스스로 버리고 떠나온 게 아니라 어쩔 수 없이 이리로 오게 된 거요. 나는 여러 차례 이 강에게 물어보았소. 강은 당신과 나를 비웃고 어리석음을 탓하였소. 물은 물끼리, 청춘은 청춘끼리 어울리게 마련이오. 여긴 당신 아들이 마음껏 성장할 데가 못 되오. 당신도 강이 뭐라고 하나 물어보시오."

싯다르타는 수심이 가득 찬 얼굴로 친구를 바라보았다. 그 얼굴에 있는 주름살에는 변함없는 명랑함이 깃들어 있었다.

"그래도 자식을 떠날 수야 없지 않소? 좀 더 시간을 주시오. 나는 그 애를 위해 노력하고 있소. 아이의 마음을 얻을 방법을 찾고 있소. 강물은 아이에게도 속삭일 때가 있을 거요. 그 녀석도 부름을 받을 때가 반드시 있을 것이오."

"물론 아이도 언젠가는 부름을 받을 테죠. 그 애도 왕생할 거요. 그런데 당신과 나는 아이가 대체 어느 길로, 어떤 행위와 고뇌로 부름을 받게 될지 알 수 없소. 앞으로 그 애는 많은 고생을 할 거요. 그 애는 거만하며 까다롭고 고집도 보통이 아니오. 고생할 게 훤히 보이는구려. 앞으로 말썽 깨나 부릴 게요. 몹쓸 짓을 도맡아 하고요. 그 죄를 어떻게 하겠소? 아무쪼록 잘 가르쳐야 하오. 자기를 억제하는 것을 가르치고 잘못하면 매도 들어야 하오."

"어린 것을 그렇게 다룰 수야 없잖소?"

"당신 심정은 알고 있소. 나는 당신이 아이의 고약한 버릇을 억제하거나 야단치는 것을 보지 못했소. 매를 댄다는 것은 생각도 못할 거요. 당신은 부드러운 것이 강한 것보다 세고, 물이 바위보다 단단하며 사랑이 폭력보다 강하다는 것을 잘 알고 있으니까요. 그건 훌륭한 처사라고 생각하오. 그러나 아이의 고약한 성미를 억누르지 않거나 벌하지 않는 것은 잘못이 아닐까요? 사랑의 밧줄로 아이를 결박하는 게 되지나 않을까요? 당신이 자비를 베풀고 인내함으로써 오히려 아이에게 수치심을 주고, 마음을 괴롭히고 있는 게 아닐까요? 당신은 버릇없는 아이를 오두막에서 바나나와 빵도 진미로 아는 두 늙은이 곁에 억지로 매어 두려 하고 있소. 우리의 사고방식이 아이에게 맞을 리 없소. 우리의 케케묵은 생활방식은 아이에게 맞지 않아요. 그 애는 은연중에 벌을 받고 있는 거요."

싯다르타는 놀란 얼굴로 땅만 물끄러미 내려다보고 있다가 나지막하게 물었다.

"그럼 어떻게 하는 게 좋겠소?"

"아이를 거리로 데려가시오. 그 애 어머니 집에 말이오. 그 집에는 아직 하인들이 있을 테니 그들에게 맡기시오. 그 집에 아무도 없으면 어떤 선생한테 맡기는 것이 좋을 거요. 학문을 위해서가 아니라 다른 아이들과 어울리게 해 자기네들 세계에 풀어놓기 위해서 말이오. 그런 생각을 해 본 일이 있소?"

"실은 나도 그런 생각을 했소. 그렇지만 생각해 보시오. 그렇지 않아도 성미가 사나운 애를 어떻게 인간 세상에 내보낸단 말이오. 그렇게 되면 겉치레나 일삼으며 향락에 빠지고 권력이나 손에 움켜쥐려다 망신을 당하게 되지 않겠소? 그렇게 되면 이 아비의 그릇된 길을 그 애가 다시 걷게 되지 않겠소? 윤회 속에 빠져 몸을 망칠까 두렵군요."

바스데바는 빙긋이 웃는 얼굴로 싯다르타의 어깨를 가볍게 치며 말했다.

"강에게 물어봐요. 강물의 웃음소리를 들어봐요. 아들이 당신과 같은 길을 걸을까 봐 그러는 거죠? 아들을 윤회에 빠지지 않게 할 수 있겠소? 잘 가르치고 불공을 드리고 훈계를 해서 그렇게 한다는 거요? 당신은 전에 이곳에 찾아와 나에게 들려준 이야기, 바라문의 아들 싯다르타의 그 의미심장한 이야기를 잊었단 말이오? 수행승 싯다르타를 윤회와 죄와 탐욕과 어리석음에서 지켜준 것은 누구요? 아버지의 경건한 믿음과 선생의 가르침과 자신의 지식이나 자기의 보리심이 당신을 보호할 수 있었소? 어떤 아버지와 스승이 그 방종을 막을 수 있단 말이오? 멋대로 살며 인생을 좀먹고 죄를 저지르며 쓴 술을 마시는 길을 찾아가려는데 누가 그를 막을 수 있단 말이오. 이 길을 걷지 않는 사람이 있으리라고 생각하오? 당신이 괴로움과 슬픔과 실망을 덜어준다고 해서 당신의 아들만은 그것이 가능할 것 같소? 당신이 아들을 위해 열 번 죽는다 해도 아들의 운명을 손톱만큼도 바꾸진 못할 거요."

바스데바가 이렇게 말을 많이 한 적이 없었다. 싯다르타는 그의 호의에 감사하며 방으로 들어왔지만 좀처럼 잠들 수가 없었다. 바스데바가 한 말은 싯다르타도 오래전부터 생각하고 있었다. 그러나 그것은 실천에 옮길 수 없는 지식이었다.

아들에 대한 사랑은 그 지식보다 강했으며 아들을 잃어버리는 데 대한 비애와 불안은 그 지식을 훨씬 넘어섰다. 일찍이 그에게 아들처럼 정이 가는 존재는 없었다. 그렇게 맹목적으로, 그렇게 절실히, 그렇게 무조건 행복을 느끼게 한 것이 없었으며, 그렇게 사랑스러운 것이 없었다. 그래서 싯다르타는 친구의 충고를 따를 수가 없었다. 아들을 떼어 놓다니! 당치도 않는 말이었다.

그는 어린애의 명령에 기꺼이 복종했으며 어린애의 멸시도 달게 받았다. 아들의 성미가 나아지기를 묵묵히 기다리고 있었다. 말없이 참으며 의무를 다하는 소리 없는 싸움을 시작했다. 바스데바도 잠자코 기다려 주었다. 꾸준히 참는 데 두 늙은이는 대가였다.

어느 날, 싯다르타는 어린애의 얼굴에서 카말라의 모습을 찾아내자 젊은 시절 그녀가 하던 말이 갑자기 생각났다.

"당신은 사람을 사랑할 수 없는 분이에요."

그때 그는 그 말을 긍정하고 자기를 별로, 어린애 같은 사람들은 낙엽에 비유했다. 그녀의 말에 반박하고 싶은 심정도 없지 않았다. 아닌 게 아니라 그는 남을 위해 자기를 희생하거나 자기를 잊고 사랑이라는 어리석은 짓을 할 수는 없었다. 그것은 전혀 불가능한 일이었다. 그리고 그 무렵에는 그 점이 자기와 어린애 같은 사람들을 구별하는 커다란 차이점이라고 생각했다.

그러나 아들이 나타난 뒤로는 그도 완전히 어린애 같은 사람이 되어버렸다. 한 사람을 위해 고민하고 사랑하며 어리석은 자가 되었다. 그도 일생 동안에 한번은 이 가장 강렬한 정열을 체험하고 그로 말미암아 괴로워하며 비탄에 빠지게 된 것이다. 하지만 행복했다. 어쩐지 마음이 새로워지고 풍성해진 것만 같았다.

아들에 대한 맹목적인 사랑은 번뇌이며 너무나 인간적인 것으로, 윤회요, 흐린 샘, 더러운 물임을 그는 잘 알고 있었다. 그러나 한편 그는 그것이 무가치한 것이 아니며 자신의 본질에서 필연적으로 오는 것이라고 생각했다. 그래서 이런 욕망도 채우고 이런 괴로움도 맛보며 이런 어리석은 짓도 하고 있었던 것이다.

그렇게 아들은 아버지로 하여금 어리석은 짓을 저지르게 했다. 아버지가 자기 비위를 맞추도록 하고 언제나 제멋대로 놀았다. 아버지는 아들을 무섭게 하거나 기쁘게 할 아무것도 없었다. 그는 매우 선량하고 친절하며 신망이 두터운 사람이었다. 아마 성자에 가까웠을 것이다.

그러나 그런 것으로 아들의 마음을 잡을 수는 없었다. 아들에게는 낡아빠진 오두막 속에 자기를 붙잡아두고 있는 아버지가 한낱 귀찮은 존재에 지나지 않았다. 그리고 자기의 버릇없는 행동을 웃음으로 대하고, 모욕적인 태도를 친절로 대하며 악의를 호의로 대하는 것은 늙은 구렁이의 간계로만 보았다. 어린애에게는 차라리 위협을 느끼고 학대를 받는 편이 나았다.

급기야 어린 싯다르타가 아버지에게 반항하는 날이 왔다. 그날 아버지는 아들에게 나무를 긁어모으라고 일렀다. 아들은 방에서 나오지도 않고 마루를 쾅쾅 구르며 주먹을 불끈 쥐고 반항했다. 아버지에게 증오와 멸시에 찬 욕설을 마구 퍼부었다. 입에 거품을 물고 소리를 질렀다.

"아버지가 가져와요! 나는 아버지 종이 아니에요. 이렇게 말해도 아버지는 나를 때리지 못하겠지요? 나를 사랑과 관용으로 벌을 주어 졸장부로 만들려는 거지요? 내가 아버지처럼 쓸개 빠진 인간이 되기를 바라는 거지요? 미안하지만 똑똑히 들어두세요. 아버지같이 선량하고 온순하고 현명한 인간이 될 바에는 차라리 살인강도가 되어 지옥에 가는 편이 나아요. 난 아버지가 미워요. 열 번 내 엄마의 정부가 되었었다 해도 당신은 내 아버지가 아니에요."

아들은 분노와 원한의 욕설을 퍼붓고 나서 밖으로 뛰쳐나갔다가 밤이 이슥해서야 돌아왔다. 이튿날 아들은 도망가 버렸다. 두 늙은이가 뱃삯으로 받은 돈을 보관한, 나무껍질로 엮은 바구니도 없어졌다. 그래도 배는 강 건너 언덕 기슭에 남아 있었다.

"아들을 찾으러 가야겠소. 혼자서는 숲을 헤치고 갈 수 없을 테니 곧 돌아올 거요. 강을 건너려면 뗏목을 만들어야 하지 않겠소?"

"만들어야죠. 다만 아이가 타고 도망친 배를 다시 찾아오기 위해서요. 아이를 쫓아가지는 마시오. 그 녀석은 더 이상 어린애가 아니오. 제 앞가림을 할 줄 아는 것 같소. 아마 거리로 갔을 거요. 그것이 옳다고 보오. 아이는 당신이 진작 해주어야 할 일을 대신한 거요. 자기 앞날을 걱정한 나머지 갈 길을 찾아간 것뿐이오. 당신은 몹시 괴로운가 보군요. 그것은 남들이 들으면 웃을 일이요. 아마 당신도 곧 웃게 될 거요."

싯다르타는 아무 대답도 하지 않았다. 벌써 도끼를 손에 들고 참대로 뗏목을 만들고 있었다. 바스데바도 새끼로 나무를 얽어매며 거들었다. 그들은 뗏목을 띄워 강을 건너갔다. 싯다르타가 물었다.

"도끼는 왜 갖고 왔소?"

"노가 없어졌을지도 모르니까요."

싯다르타는 그 말 뜻을 알아들었다. 어린애가 복수를 하기 위해, 또는 아버지가 뒤따라오지 못하도록 노를 내던졌거나 부러뜨렸을 거라고 생각한 것이다. 아닌 게 아니라 배 안에 노는 없었다. 바스데바가 이렇게 말하는 것 같았다.

"아버지가 따라오는 걸 원치 않는다는 증거가 여기 있소."

하지만 곧 웃는 얼굴로 친구를 바라본 후 노를 만들기 시작했다. 싯다르타는 도망친 아들을 찾아떠났다. 바스데바도 말리지는 않았다. 싯다르타는 숲 속을 깊숙이 지나왔을 때야 비로소 아들을 찾아가는 것이 부질없음을 깨달았다.

'아이는 벌써 거리에 도착했을 것이다. 아직 걸어가는 중이라도 눈에 보이지 않을 거야.'

이런 생각을 되풀이하며 걸으면서 그는 자기가 아들에 대해 별로 걱정하지 않고 있음을 깨달았다. 아들이 길을 잃거나 숲 속에서 봉변을 당하는 일은 없을 거라고 생각했다. 그러면서도 멈추지 않고 뒤쫓아갔다. 아들을 구하려는 것이 아니라 한 번만이라도 얼굴을 보려는 생각에서였다. 그는 거리 어귀까지 뛰어갔다.

그는 일찍이 카말라의 소유였고 가마에 탄 그녀를 처음으로 만났던 호화로운 별장 입구에 들어섰다. 그러고는 젊고 텁수룩한 수염에 맨발로 걸어다니던 수행승으로 머리는 먼지투성이였던 예전의 자신을 돌이켜 보았다. 그는 그곳에 한참 서 있었다. 열려 있는 정원 안쪽에서 누런 빛깔의 옷을 걸친 승려들이 나무 그늘 아래를 오가는 것이 보였다. 그는 깊은 생각에 잠겨 옛일을 회상하고 지난날의 발자취를 더듬으며 그곳에 오랫동안 서 있었다.

그는 다시 정원을 오가는 승려들을 바라보았다. 그러자 젊은 싯다르타와 젊은 카말라가 손을 잡고 커다란 나무 밑을 거니는 광경이 나타났다. 거기서 자신의 모습을 그려 보았다. 카말라의 환대를 받으며 그녀와 처음 키스하고 오만불손한 태도로 바라문 시절을 회상하며 커다란 자부심과 희망을 갖고 세속적인 생활을 시작하던 자기를 돌이켜 보았다.

그는 또 카마스와미를 머릿속에 그려 보았다. 하인들과 연회와 도박꾼과 광대들이 눈앞에 나타났다. 카말라의 새가 여전히 새장 속에서 울고 있었다. 모두가 사랑스런 풍경들이었다. 그는 윤회를 호흡했다. 그는 다시 노쇠해 피로를 느끼게 되었다. 자신에 구역질이 나고 육신을 파괴해 버리고 싶은 충동을 느꼈다. 그러다가 다시 신성한 '옴'에 의해 기력을 회복하게 되었다.

정원 어귀에 오랫동안 서 있던 그는 이 거리까지 자기를 오게 한 아들에 대한 욕심이 어리석기 짝이 없으며 자신은 아들을 도와줄 수도, 아들을 붙잡아 올 수도 없다는 사실을 깨닫게 되었다.

그는 자기 곁을 떠난 아들에게 새삼스럽게 깊은 애착을 느꼈다. 그것은 하나의 상처와 같았다. 그 상처는 사람을 아프게 하기 위해 생긴 것이 아니라 꽃을 피우고 영광을 가져오기 위해 생긴 것이라는 생각이 들었다. 이 마음의 상처가 곧 꽃을 피우고 영광을 가져보지 못하는 것만이 유감스러웠다. 그는 도망간 아들을 찾아온 목적을 이루지 못하고 오히려 쓸쓸한 공허만 느낄 뿐이었다.

그는 주저앉아 버렸다. 마음속에서 무엇인가가 사라져가고 있었다. 공허에 사로잡혀 아무런 기쁨도 희망도 없음을 발견하게 되었다. 그는 기다렸다. 강가에서 이렇게 기다리고 참고 가만히 듣는 것을 배웠던 것이다.

그는 먼지가 뿌옇게 이는 길가에 주저앉아 가만히 귀를 기울이며 비애에 젖은 마음속에 들려오는 소리를 기다리고 있었다. 오랜 시간이 흘렀다. 아무 생각도 없이 공허에 사로잡힌 채 바로 앞도 보지 않고 그대로 앉아 있었다. 상처가 아플 때는 잠자코 '옴'을 되뇌며 온몸이 '옴'으로 가득 차게 했다.

정원에서 승려들이 그를 바라보았다. 그의 흰 머리 위에 먼지가 뿌옇게 쌓여 있는 것을 본 한 승려가 밖으로 나와 바나나 두 개를 앞에 놓았다. 그는 거들떠보지도 않았다. 그때 손으로 싯다르타의 어깨를 툭 치는 사람이 있었다. 정답고 부드러운 촉감으로 그것이 누구인지 알 수 있었다.

그는 정신을 찾았다. 일어나 바스데바에게 고개를 끄덕였다. 바스데바의 얼굴에서 미소를 머금은 주름살과 맑은 눈동자를 들여다보고 싯다르타도 미소 지었다. 그때야 비로소 자기 앞에 놓인 바나나를 보고 그것을 집어 한 개는 바스데바에게 주고 한 개는 자기가 먹었다.

싯다르타는 바스데바와 숲을 지나 강나루로 돌아왔다. 둘 다 오늘 하루 일어난 일에 대해 말을 꺼내지 않았다. 아들의 이름이나 아들의 도주, 마음의 상처를 입에 담지 않았다. 방에 들어가자마자 싯다르타는 침대에 드러누웠다. 잠시 후 바스데바가 야자유를 한 잔 들고 왔을 때 싯다르타는 잠들어 있었다.

생명의 흐름, 지혜의 즐거움

비로소 운명과의 싸움이 그치고 번뇌가 사라졌다. 지혜에 반항하려는 의욕이 사라지고 완성을 의식하게 되었다. 생성의 강과 생명의 흐름이 일치되어 기쁨과 슬픔을 함께 나누며 그 흐름에 따라 단일한 것을 지향하는 지혜의 즐거움이 감돌았다.

오랫동안 상처는 아물지 않았다. 싯다르타는 나루터에서 아들딸들을 데리고 다니는 손님을 배에 태워 강을 건네줄 때면 부러워하며 생각했다.

'저렇게 많은 사람이 세상에서 가장 기쁜 행운을 맛보고 있는데, 강도나 좀도둑도 아들을 사랑하며 아들의 사랑을 받고 있는데, 나만 그렇지 못하구나!'

지금에 와서 그는 이렇게 이성을 잃고 소박하게 생각할 수 있는 사람이 되었다. 어린애 같은 사람이나 다름없게 된 것이다. 사람을 보는 눈도 전과는 아주 달라졌다. 현명하고 기품이 있던 눈동자는 사라지고, 온정과 호기심과 욕심이 깃든 눈동자로 변해 갔다. 노인, 군인, 부인네들을 건네줄 때도 이들이 무심하게 보이지 않았다. 그는 이들을 차차 이해하게 되었다. 사상과 이성을 떠나 오직 충동과 욕망에 의해 살아가는 그들의 생활을 이해하게 되었다. 자신도 그들과 마찬가지라는 것을 실감했다.

그는 어린애 같은 사람들이 그의 형제처럼 생각되어 그들의 허영과 탐욕과 가소로운 행위까지도 웃을 수 없었다. 그것을 이해하고 나아가 동정하기에 이르렀다. 아들에 대한 어머니의 맹목적인 사랑, 외아들을 가진 부모에 대한 자식 많은 사람들의 어리석고 터무니없는 자만심, 허영심 많은 젊은 여자가 화장으로 사람들의 눈을 끌려는 지각없는 노력—이처럼 단순하고 어리석으면서도 대단히 강렬한 충동이나 탐욕도, 지금에 와서는 어린애 일처럼 보이지 않았다. 오히려 그런 일로 말미암아 사람들은 사업도 하고 여행도 하며 전쟁을 하고 고민도 하면서 심한 괴로움을 참아가는 것이라고 생각하게 되었다.

그는 그들을 사랑할 수 있었으며 그들의 고뇌나 행위 속에서 생기에 찬 불멸을 발견한 것이다. 그는 미련하고 맹목적인 인간의 행동 속에 사랑스럽고 놀라운 가치와 진실이 내포되어 있다고 생각했다. 그들에게는 아무것도 부족함이 없었다. 현자나 사색가가 그들보다 나은 점이란 더할 나위 없이 사소한 일, 모든 생명을 일관하는 의식, 의식된 사상에 지나지 않았다.

싯다르타는 때로 의문에 잠겼다.

'인간이 지닌 지식이나 사랑이 과연 높이 평가를 받을 수 있는 것인가? 이것도 사색가의 어린애 같은 장난이 아닌가?'

그 밖에 다른 점에 있어서도 일반 사람들과 '아는 자'는 마찬가지였다. 때로는 동물이 강렬한 필연성에 의해 행동함으로써 인간보다 더 우월하게 보이는 것처럼, 때로는 어린애같은 사람들이 자기보다 우월하게 보이는 경우가 있었다.

　본질적인 의미에서의 지혜란 무엇인가? 오랜 세월에 걸쳐 구도하는 목적이 무엇인가에 대한 올바른 인식이 싯다르타에게서 차차 꽃피어 열매를 맺기 시작했다. 그것은 잡다한 생활 속에서 그때그때 일관된 사상을 연역하여 이를 느끼고 호흡할 수 있는 영혼의 자세와 능력의 비법에 지나지 않는 것이었다. 이러한 생각이 그의 마음속에서 점점 일어나기 시작했다. 그것은 나이 든 바스데바의 어린아이 같은 얼굴에도 반사되어 있었다. 조화가, 세계의 영원한 완전함의 인식이, 미소가, 통일이.

　그러나 마음의 상처는 아직 아물지 않았다. 싯다르타는 자나 깨나 아들을 생각하며 애정을 불태우는 어리석은 행동이 자기를 좀먹는 대로 내버려 두었다. 애정의 불꽃을 자신에게서 몰아낼 수 없었던 것이다.

　마음의 상처에 시달리던 어느 날, 싯다르타는 아들을 만나보고 싶은 충동에 강을 건너 언덕에 올라갔다. 아들을 찾아 거리로 떠나려는 것이었다. 강은 유유히 흐르고 있었다. 조금 건조한 계절인데도 강물 소리는 무척 명랑했다. 강물은 웃고 있었다. 싯다르타는 그 웃음소리를 더욱 또렷하게 들으려고 강물 위로 허리를 굽혔다. 조용히 흐르는 강물에 얼굴이 비쳤다. 얼굴 속에는 오래 잊고 있었던 무엇이 있었다.

　그는 이러저러한 것을 생각해냈다. 그 얼굴은 그가 잘 알고 사랑하며 경외하던 사람과 닮아 있었다. 바라문인 아버지 같았다. 청년 시절 고행자들을 따라가겠다고 얼마나 아버지를 졸랐던가. 아버지와 작별하고 길을 떠난 뒤로 한 번도 집에 가지 않았다. 자기가 아들 때문에 괴로움을 겪듯이 아버지도 자기 때문에 괴로움을 겪었으리라. 아버지는 아들을 다시 보지 못한 채 외로이 세상을 떠났을 것이다.

'이제는 내가 같은 운명을 기다리고 있는 것이 아닌가? 이 기이하고 어처구니없는 순환은 숙명의 윤회 속에서 연출되는 희극이 아니냐!'

강은 웃고 있었다. 끝까지 괴로움을 겪게 되고 해결되지 않았던 일들은 모두 되돌아왔다. 그것은 언제나 같은 괴로움의 윤회 속에서 시달림을 받게 되는 것이었다.

싯다르타는 배를 타고 집으로 돌아왔다. 강물의 조롱을 받으며 자신과 싸우고 실망에 빠져 자기를 포함한 전 세계를 크게 비웃어 주고 싶었다. 그러나 아직도 마음의 상처가 아물지 않은 채 운명에 대항하고 있었다. 그의 번뇌에서는 아직도 승리의 빛이 보이지 않았다. 그러나 하나의 희망이 가슴 속에 떠올랐다. 그는 집에 돌아오자 바스데바에게 마음을 털어놓고 싶었다.

바스데바는 바구니를 만들고 있었다. 그는 이제 나룻배를 젓지 않았다. 시력이 떨어졌고 팔과 손에도 힘이 없었다. 얼굴에 기쁨이 서리고 자비의 꽃이 피어 있는 것만은 전과 다름이 없었다. 싯다르타는 그의 곁에 앉아 천천히 입을 열었다.

전에는 말하지 않았던 이야기를 시작했다. 아들을 찾으려고 거리에 간 이야기, 가슴이 터질 듯이 아프던 이야기, 행복한 아버지들을 볼 때마다 부러워하던 이야기, 그러한 소망이 어리석다는 것을 깨닫게 된 이야기, 욕망을 억누르려고 부질없이 애쓰던 이야기를 들려주었다. 마음을 아프게 하는 상처를 모두 들려주었다. 오늘 떠나가려던 일까지도 고백했다. 거리로 가려고 강을 건너던 어린애 장난 같은 일을 강이 비웃더라는 말도 했다.

그의 말을 바스데바는 끝까지 심각한 얼굴로 듣고 있었다. 싯다르타는 자신의 이야기를 듣고 있는 바스데바의 태도가 전과는 달리 침울하다는 것을 알아차렸다. 자기의 고통과 두려움, 은밀한 희망이 바스데바의 가슴속에 스며들어 갔다가 다시 자기에게로 되돌아오는 것 같았다.

그에게 자기가 지닌 마음의 상처를 말한다는 것은, 마치 그 상처를 강물 속에 집어넣어 그 속에서 융화되는 것과 같았다. 싯다르타가 오랫동안 이렇게 고백하고 참회하는 동안 마치 나무가 빗물을 빨아들이듯 자기 말을 잠자코 듣고 있던 이 노인은 바스데바라는 인간이 아니라, 강 그 자체이고, 신 그 자체이며, 영원 그 자체임을 깨닫게 되었다.

싯다르타가 자신과 자신이 지닌 마음의 상처를 생각하지 않게 되었을 때, 그는 바스데바라는 인간의 본질이 전과는 다르다는 사실을 알게 되었다. 그런데 그는 깊이 생각에 잠기고 몰두할수록 모든 사물은 하나의 질서를 유지하고 있으며 그것은 매우 자연스러운 현상임을 알게 되었다.

바스데바도 전부터 그러했으며 다만 자기가 그것을 미처 깨닫지 못했다는 생각이 들었다. 자신도 바스데바와 거의 비슷하다는 것을 의심치 않았다. 그는 사람들이 신을 바라보듯이 늙은 바스데바를 바라보았다. 그러나 그러한 느낌도 오래가지 못하리라는 것을 알고 있었다.

그는 마음속으로 몰래 바스데바의 곁을 떠나고 있었던 것이다. 그가 말을 마쳤을 때 바스데바는 친절한, 그러나 얼마쯤 피로한 시선으로 그를 바라보았다. 말은 하지 않았지만 사랑과 즐거움과 이해와 지혜가 서려 있었다. 그는 싯다르타의 손을 잡고 늘 앉아서 이야기하던 강가의 자리로 가더니 강을 보고 웃기 시작했다.

"당신은 강의 웃음소리를 벌써 들었을 거요. 좀 더 들어봅시다. 미처 듣지 못한 소리가 들려올 거요."

그들은 귀를 기울였다. 수많은 목소리로 노래 부르는 강물 소리가 고요히 들려왔다. 싯다르타는 물속을 들여다보았다. 흐르는 물에는 많은 그림자가 비쳐 있었다. 아들 때문에 속을 썩이고 있는 고독한 아버지의 얼굴, 여전히 멀리 떠나간 아들을 생각하는 애착에 얽매여 있는 자신의 고독한 얼굴을 들여다보았다. 희망에 불타올라 젊은이의 길을 줄달음치는 아들의 고독한 얼굴도 비쳤다. 아버지와 아들의 얼굴은 저마다 자기 목적지를 향해 가면서 그 목적 자체에 얽매여 고민하고 있었다.

강은 고뇌의 노래를 부르고 있었다. 그리움의 노래도 부르고 있었다. 강은 목적지를 향해 초조하게 흘러가며 눈물로 호소하는 것 같았다.

"듣고 있소?"

바스데바는 눈으로 물었다. 싯다르타는 고개를 끄덕였다.

"더 잘 들어 봐요!"

싯다르타는 더 똑똑히 들으려고 귀를 기울였다. 아버지의 얼굴과 자신의 얼굴, 아들의 얼굴이 강물 속에 흘러가고 있었다. 카말라의 얼굴도 잠시 나타났다 사라졌다. 고빈다의 얼굴도 나타났다. 그 밖에 다른 사람들의 얼굴도. 얼굴들은 서로 엉키어 흐르고 있었다. 모든 얼굴이 하나의 강이 되어 흐르고 있었다. 애원하는 듯이, 갈망하는 듯이, 괴로운 듯이 흐르고 있었다. 동경에 가득 차고, 고뇌에 가득 차고, 억제할 수 없는 욕구에 가득 찬 듯한 소리를 내며 흐르고 있었다.

강은 목적지를 향해 빠르게 흐르고 있었다. 싯다르타는 그와 그의 가족과 그가 일찍이 알았던 모든 사람으로부터 흘러 나오는 강물이 줄달음치는 것을 바라보고 있었다. 물결과 물결은 줄달음질을 치며 모든 목적지를 향해, 폭포가 되고 호수가 되고 급류가 되고 바다가 되기 위해 흐르고 있었다.

하나의 목적이 이루어지면 새로운 목적이 그 뒤를 따랐다. 물은 수증기가 되어 하늘로 올라가 비로 변해 샘이 되고 시내가 되고 강이 되어 새로운 목표를 향해 흘렀다. 그러나 그 동경의 물결 소리에는 아직도 괴로움과 갈망이 가득 차 있었다. 거기에는 기쁨과 슬픔의 소리, 선과 악의 소리, 웃음소리와 탄식하는 소리 등 수천 가지 소리가 어울려 있었다.

싯다르타는 듣는 데 도취되어 정신이 없었다. 그 소리들을 모두 집어삼켜 버리듯이 열심히 듣고 있었다. 강물 소리를 듣는 법도 이제 배울 만큼 배웠다는 생각이 들었다. 전에도 강물에서 많은 소리를 들었었다. 그러나 오늘은 새로운 소리가 들려왔다. 이제 그 소리들을 하나하나 가려낼 수 없었다. 우는 소리에서 기쁜 소리를, 어른의 소리에서 어린이의 소리를 구별하기란 매우 어려운 일이었다. 모든 소리는 하나가 되어 흐르고 있었다. 그리움의 안타까움과 지혜로운 자의 웃음, 격분한 외침과 죽어가는 자기 신음소리가 서로 엉키고 천만 번 맺어져 풀리지 않았다.

모든 것은 합쳐져 있었다―모든 소리, 모든 목적, 모든 동경, 모든 두려움, 모든 욕망, 모든 선악이 합쳐진 것이 이 세계였다. 그것은 생성의 강이요, 생명의 음악이었다. 싯다르타는 이 강에 귀를 기울여 수천 가지의 노랫소리를 들었다. 하나의 노래, 하나의 웃음에 귀를 기울이지 않았다. 한 가지 소리에 정신을 빼앗겨 자기가 그 속에 휩쓸리는 것이 아니라 이 모든 것을 하나로 합쳐 들을 수 있을 때, 그 수천 가지 소리로 이루어진 노래는 '옴', 곧 완성에서 비롯되는 것이었다.

"들립니까?"

바스데바는 다시 눈으로 물었다. 그는 얼굴에 명랑한 미소를 띠고 있었다. 마치 강물 소리마다 '옴'이 깃들어 있는 것처럼, 그 늙은 얼굴의 주름살마다 찬란한 미소가 어리어 있었다. 그가 싯다르타를 쳐다봤을 때 그 미소는 한결 빛났다.

싯다르타의 얼굴에도 같은 미소가 빛나고 있었다. 이미 마음의 상처에서는 꽃이 피어나고, 오뇌(懊惱)에서는 광명이 비치어 자아는 통일 속으로 흘러 들어갔다.

비로소 싯다르타에겐 운명과의 싸움이 그치고 번뇌가 사라졌다. 지혜에 반항하려는 의욕은 말끔히 없어지고 완성을 의식하게 되었다. 생성의 강과 생명의 흐름이 일치되어 기쁨과 슬픔을 함께 나누며, 그 흐름에 따라 단일한 것을 지향하는 지혜의 즐거움이 그의 얼굴에 감돌고 있었다.

바스데바는 자리에서 일어나 싯다르타의 눈에서 지혜의 즐거움이 번뜩이는 것을 발견하고는 그의 어깨를 손으로 가만히 짚으며 말했다.

"이 시간을 오랫동안 기다렸소. 그만 떠나려오. 나는 오랫동안 뱃사공 바스데바로 일해 왔소. 그 일도 다 끝났소. 오두막집이여, 강이여, 잘 있어라! 싯다르타, 잘 있소!"

싯다르타는 고개 숙여 작별인사를 했다.

"짐작은 했었소. 깊은 산중으로 돌아가시려는 거지요?"

"깊은 산속으로 들어가려오. 범(梵)의 품으로 가려오."

그는 떠났고 싯다르타는 그의 뒷모습을 바라보았다. 법열을 느끼며 엄숙한 마음으로 바스데바를 바라보았다. 바스데바의 걸음걸이는 평화에 가득 차고 그 머리가 후광으로 빛나며 그 모습이 빛으로 넘쳐났다.

모든 존재를 사랑하고 경탄하라

사랑이야말로 가장 소중한 것이다. 세상을 통찰해 설명하며 경멸하는 것은 사색가가 할 일이다. 사랑은 세상을 경멸하지 않는다. 오직 사랑할 뿐이다. 세계와 나, 그리고 모든 존재를 사랑하고 경탄하며 존경하는 눈으로 볼 수 있다는 것은 무엇보다도 귀중한 일이다.

어느 날, 고빈다는 다른 승려들과 함께 카말라가 고타마의 제자들에게 제공한 숙소에 머물러 있었다. 그때 그는 거기서 하룻길쯤 떨어진 강가에 늙은 뱃사공이 살고 있으며 남달리 현명한 탓으로 많은 사람에게 존경받고 있다는 소문을 들었다. 그는 멀리 동방으로 떠나면서 그 뱃사공을 만나보고 싶은 생각이 간절해 나루터로 향했다. 한평생 불법을 좇아 살아온 그는 나이도 많으려니와 겸손한 언행으로 젊은 승려들로부터 존경받고 있었지만, 아직도 마음속에는 불안과 구도심이 사라지지 않고 있었다.

그는 나루터에 이르자 늙은 사공에게 건네주기를 청했다. 강을 건너 배에서 내리면서 그는 사공에게 말했다.

"당신은 우리네 승려와 순례자 들을 위해 많은 은혜를 베풀었소. 당신은 많은 사람이 이 강을 건널 수 있게 해주었소. 혹시 당신도 우리처럼 수도하는 사람은 아니오?"

"당신은 고령에 고타마의 승복을 입고 계시면서 아직도 구도하는 사람을 자처하시오?"

"그렇소, 나는 이미 늙은 몸이오. 그러나 아직도 구도생활을 계속하고 있소. 그것이 나의 사명인가 하오. 당신도 구도하는 사람처럼 보이는데, 나에게 이야기해 줄 수 있겠소?"

"나 같은 사람이 무슨 할 말이 있겠소? 당신은 혹시 도를 지나치게 구하는 게 아니오? 지나치게 구하면 오히려 도를 놓치게 될지도 모르오."

"무슨 말이오?"

"도를 지나치게 구할 땐 거기에만 정신이 팔려 아무것도 발견하지 못하는 법이오. 그 하나의 목적에만 골몰하기 때문에 아무것도 자기 것으로 만들지 못하는 것이오. 구한다는 것은 한 가지 목적을 갖는 것이지만, 발견한다는 것은 마음이 자유로워 아무런 목적도 갖고 있지 않는 것이오. 당신이 도를 구하는 것은 그 목적을 이루려고 애쓰느라 눈앞에 있는 많은 사물을 보지 못하기 때문이오."

"잘 알아듣지 못하겠군요."

"당신은 여러 해 전에 한번 이 강가에 왔다가 거기 누워 자는 사람을 보고 옆에 지켜 앉아서 돌봐준 일이 있지요. 고빈다. 그런데 당신은 그 잠자던 사람을 몰라보는구려."

고빈다는 마술에 걸린 사람처럼 놀라며 뱃사공의 눈을 뚫어지게 들여다보았다.

"자네는 싯다르타가 아닌가. 이번에도 자네를 몰라봤군. 이렇게 다시 만나게 되다니 기쁘기 그지없네. 그런데 뱃사공이라니. 많이도 변했군그래."

"사람들은 많이 변하고 여러 옷을 입게 마련이지. 나도 그 중 한 사람일세. 오늘 밤은 우리집에서 쉬어 가게."

고빈다는 그의 집 바스데바의 침대에서 묵었다. 고빈다는 옛 친구에게 궁금한 여러 가지를 물었다. 싯다르타는 자기가 그동안 지내온 날들에 대해 들려주었다. 이튿날 고빈다는 동방으로 떠나면서 물었다.

"떠나기 전에 나에게 가르쳐 줄 것이 없는가? 자네가 신봉하고 자네를 지키며 인도하는 신앙과 지혜가 있지 않나?"

"그건 잘 모르고 하는 소리네. 나는 청년 시절 산에서 고행할 때 이미 스승들의 가르침에 의혹을 느끼고 멀리 떠나지 않았던가? 오늘에 이르기까지 그 생각엔 변함이 없네. 그러나 그 뒤에도 나는 많은 스승을 모셔 왔지. 아름다운 유녀 카말라도 오랫동안 스승이었고, 돈 많은 상인도 도박꾼도 스승이었네. 물론 순례하는 붓다의 제자 한 분도 나의 스승이었지. 그는 순례하는 도중에 내가 숲에서 자고 있는 것을 발견하고 내 옆에 앉아 나를 보살펴 주었네. 그에게서도 많은 것을 배웠다네. 그에게 새삼 고맙군그래. 그러나 누구보다도 이 강에서 많이 배웠네. 그리고 선배 뱃사공 바스데바에게서도 많은 걸 배웠지. 참으로 순박한 분이었네. 사색가는 아니지만 고타마 같이 사물의 필연적인 관계를 잘 알고 있었다네. 한마디로 성자였네."

"자네는 예나 지금이나 나를 놀리는군. 그러나 나는 자네를 믿네. 자네가 어떤 스승도 따르지 못한다는 것을 잘 알고 있지. 교훈은 아니라도 자네 생활을 인도하는 사상과 지혜를 내게 말해주면 고맙겠네."

"나 역시 사상도 가져 보고 지혜도 가졌었지. 한 시간 동안, 아니 온종일 누구나 생명을 느끼듯 마음속의 지혜를 느낀 적도 있었네. 그러 자네에게 전해줄 수는 없네. 그건 어디까지나 내가 찾아낸 지혜일세. 요컨대, 지혜는 남에게 전할 수 없는 법이지. 현자들이 사람들에게 전하려는 지혜란 언제나 무지와 같은 거라네."

"지금 농담하는 건가?"

"내가 찾은 지혜에 대해 하는 말이네. 지식은 남에게 전할 수 있어도 지혜는 전할 수 없네. 누구나 지혜를 찾아낼 수 있지. 지혜롭게 살 수도 있고 지혜로 기적을 행할 수도 있네. 그러나 지혜를 말해주거나 가르쳐 줄 수는 없어. 이것은 내가 청년 시절에도 가끔 느꼈던 것일세. 스승들을 떠난 것도 그 때문이었지. 나는 하나의 사상을 발견했네. 이렇게 말하면 자네는 또 사람을 놀리는 건방진 소리라고 할지 몰라도 모든 진리는, 그 반대도 진리일세. 이건 내가 알고 있는 가장 훌륭한 사상이지. 진리는 일방적일 경우에만 말로 표현할 수 있네. 생각하고 말할 수 있는 진리란 일방적인 것일세. 모든 것은 일방적이며 반쪽이네. 그것은 전체가 못 되므로 완벽할 수 없네. 그래서 성자 고타마는 열반과 윤회, 진리와 미망(迷妄), 해탈과 번뇌를 나눠서 설명할 수밖에 없었지. 달리 방

법이 없으니까. 가르치려면 그렇게밖에 도리가 없지. 그러나
세계 자체, 우리 주위에 있거나 마음속에 있는 모든 것은 일
방적인 게 아니네. 누구나, 무슨 일이나 윤회 속에만 매여 있
거나 열반 안에만 있을 수는 없지. 누구에게도 성자가 아니
므로 죄인이라고 할 수는 없네. 그렇게 보이는 것은 우리가
시간이라는 것이 있다고 생각하는 미망에 빠져 있기 때문일
세. 시간은 있는 것이 아니네. 나는 가끔 그것을 체험했었지.
시간이 있지 않다면 현실과 영원, 고뇌와 행복, 선과 악 사이
에 있는 듯이 보이는 간격도 역시 미망일 걸세."

"어찌하여 그런가?"

"나와 자네 같은 죄인도 언젠가 한 번은 범(梵)이 되고, 극
락세계에 들어가 붓다가 될 것이라고 생각하지 않나? 그런
데 이 '언젠가 한 번'이란, 곧 미망이 아니겠는가? 그것은 한
낱 이유에 지나지 않는 말일세. 그렇다면 죄인은 붓다가 되
는 도중에 있는 것일까? 흔히 그렇게 생각하기 쉽지만, 실은
죄인 속에 붓다가 있는 거야. 현재에 이미 미래의 붓다가 있
는 것이지. 미래는 거기에 내포되어 있네. 그러므로 죄인은
자네와 모든 사람 속에 들어 있는 앞날의 붓다를 존경해야 하
는 걸세. 세계는 결코 불완전한 것이 아니네. 그렇다고 완전
한 것을 향해 나아가는 과정에 있는 것도 아니지. 세계는 순
간마다 완전하며 모든 죄는 이미 그 속에 속죄의 씨를 품고
있다네. 모든 어린애 속에 이미 백발노인이 숨어 있지. 모든
젖먹이에게 이미 죽음이 깃들어 있고, 모든 죽음에는 영생

이 깃들어 있다네. 누구도 남이 걷는 길을 옆에서 평가할 수
는 없네. 도둑과 노름꾼 속에도 붓다가 있고, 바라문 속에도
도둑이 있지. 깊은 명상에 잠겨 시간을 뛰어넘어 과거와 현
재와 미래를 똑같이 볼 수 있을 때가 되어야 비로소 모든 것
이 선이 되고 완성되어 범(梵)과 일체가 된다네. 그래서 현재
있는 모든 것이 나에게는 선(善)으로 보이네. 죽음도 삶으로
보이고 죄악도 신선하게 보이며 지혜로운 것도 어리석은 것
으로 보이네. 모든 것은 그렇게 되어야 하지. 모든 것이 나의
동의와 호의와 이해를 요구하고 있네. 나에게는 모든 것이
선일세. 나를 해치는 것은 하나도 없네. 나는 육체와 정신으
로 그것을 체험했다네. 나에게는 죄악이 필요했지. 쾌락, 탐
욕, 허영, 그리고 자포자기도 필요했네. 반항하지 않고 세상
을 사랑하는 법을 배우기 위해, 내가 바라고 꿈꾸는 이상과
현실을 비교하는 어리석은 짓은 그만두고, 있는 그대로의 세
계를 사랑하고 기꺼이 그곳으로 가기 위해 나에게는 그런 모
든 죄악이 필요했네. 이것은 내가 다다른 사상의 일부일세."

싯다르타는 땅에서 돌을 하나 주워 들고 말을 계속했다.

"여기 돌이 한 개 있네. 이 돌은 어느 시기에 가서는 흙이
될 테지. 그리고 풀이 돋아날 걸세. 그 돌은 동물도 되고 사람
도 되겠지. 전 같으면 나는 이렇게 말했을 걸세.

'이 돌은 아무 가치도 없는 미망의 세계에 속하는 것이다.
그러나 변화의 윤회를 거쳐 이 돌은 인간이 되고 영혼도 될
것이므로 이 돌의 가치를 인정한다.'

그러나 지금 나는 이렇게 생각하네.

'이 돌은 동물이요, 신이요, 붓다이다.'

내가 이 돌을 존경하고 사랑하는 것은 앞으로 그것이 어떤 물건이 되기 때문이 아니라 영원히 그것이 일체이기 때문이네. 그리고 그것이 지금 이 순간에는 돌로 보이기 때문에 사랑하네. 나는 이 돌이 금가고, 움푹 파이고, 누른빛과 잿빛을 하고 있고, 딱딱하고, 두들기면 소리가 나고, 표면이 말라 있기도 하고 젖어 있기도 한 그대로의 가치와 의미를 인정하네. 돌 중에는 기름같이 번들번들하거나 비누처럼 미끈미끈한 것도 있지. 어떤 돌은 나뭇잎 같기도 하고, 어떤 돌은 설탕 같기도 하지. 저마다 독특한 형태로 '옴'을 부르고 있다네. 모두가 범이요, 동시에 기름 같고 비누 같은 돌이기도 하지. 나에겐 만족스럽고 신기해 숭배할 가치가 있다네. 거기 대해서는 그만 말하세. 말이란 내면적인 것을 해치게 마련이니. 무엇을 말로 표현해 버리면 그 내용과는 얼마쯤 달라지게 되고 말지. 어느 정도는 모조품처럼 돼 버리지. 하긴 그 또한 좋은 일이네. 어떤 사람에게는 보배가 되고 지혜로운 것이 되는 반면, 다른 사람에게는 어리석은 짓으로 보이는 것도 좋은 일이지."

"그런데 왜 돌에 대해서만 그렇게 말하는 건가?"

"돌이든 강이든 우리가 보고 배울 수 있는 것은 모두 내가 사랑하고 있기 때문이겠지. 한 개의 돌도 그렇게 사랑할 수 있고 한 그루의 나무나 나무껍질이라도 그렇게 사랑할 수 있네. 인간은 모든 사물을 사랑할 수 있다네. 그러나 나는 말을 사랑할 수는 없네. 어떤 가르침도 나에게는 아무 이득도 되지 못하기 때문이지. 그것은 딱딱하지도 연하지도 않고, 빛도 없고 모나지도 않으며 향기도 맛도 없고, 그냥 말이기 때문일세. 마음의 평화를 존중하는 자네에게 장애가 되는 것은 아마 그 숱한 말일 테지. 해탈이니 덕이니 윤회니 열반이니 하는 것은 모두가 말에 지나지 않네. 열반이라는 것은 없네. 열반이라는 말이 있을 뿐이지."

"싯다르타, 그렇지 않아. 열반은 말에 지나지 않는 게 아니라 하나의 사상이지."

"사상일 수 있겠지. 나는 사상과 말 사이에 큰 구별을 두지 않네. 사상이라는 말을 대수롭게 생각하지 않아. 사상보다 사물이 더 소중해. 이 나루터에 나의 선배이자 스승인 사람이 있었네. 그는 강밖에는 아무것도 믿지 않는 성자였네. 그는 강물이 자기에게 하는 소리를 들을 수 있었네. 그는 강물에서 배우는 것이 많았네. 강물 소리가 그를 길러주고 가르친 셈이지. 강은 그의 신이었네. 그런데 그는 오랫동안 바람, 구름, 새, 벌레 등 온갖 것도 강처럼 신성을 지니고 있으며 강처럼 많이 알고 가르칠 수 있다는 사실을 미처 몰랐었네. 산으로 들어갈 무렵에 그 모든 것을 알게 되었지. 아무튼 그는 강을 믿었기 때문에 스승도 책도 없이 당신이나 나보다 더 많은 것을 배울 수 있었네."

"자네가 '사물'이라고 말하는 것은 실존하는 것을 가리키는 건가? 그것은 거짓이며 환영에 불과한 것이 아니겠나. 돌이나 나무 강 따위를 실재로 볼 수 있을까?"

"그것도 나에게는 별 문제가 되지 않았네. 물건이 환영에 불과하다면 나 역시 환영에 지나지 않을 테니까. 그것들은 언제나 나와 같은 것일 테니까. 그러므로 나에게 그것들이 사랑스럽고 존경할 만한 가치가 있어. 그것들은 나와 동일하네. 그러니까 사랑할 수 있는 것이지. 자네는 웃을지 모르지만 사랑이야말로 가장 소중한 것일세. 세상을 통찰해 설명하고 경멸하는 것은 사색가가 할 일이지. 사랑은 세상을 경멸하지 않아. 오직 사랑할 뿐이지. 세계와 나와, 그리고 모든 존재를 사랑하고 경탄하며 존경하는 눈으로 볼 수 있다는 것은 무엇보다 귀중한 일이야."

"붓다는 그것을 환각이라고 하셨네. 우리에게 호의와 관용과 동정과 인내를 권했지만 사랑은 권하지 않으셨지. 우리가 속세의 사랑에 얽매이는 것을 금하셨네."

"나도 알고 있네."

싯다르타의 미소는 눈부시게 빛났다.

"우리도 지금 사상의 동굴에 빠져 말싸움을 위한 말싸움을 하고 있지 않은가. 사랑에 대해 나는 고타마와 정반대인 말을 했네. 그래서 나는 이런 말을 의심스럽게 생각하고 있지. 그분과 나는 말만 반대일 뿐 나의 견해는 그분과 일치하네. 모든 인간의 존재를 허무하고 무상하다고 본 나머지 중생을 구제하고 가르치기 위해 오랫동안 괴로운 생애를 보낸 그분께서 왜 사랑을 몰랐겠나? 그분은 그 위대한 가르침에 있어서도 사실을 말보다 사랑하셨고, 설법보다 행위와 삶을 값있게 여기셨으며, 사상보다 손발의 동작을 중히 여기신 거라네. 나는 그분의 위대함을 사상이나 설법에서가 아니라 행위와 생활에서 발견했네."

두 노인은 한동안 잠자코 있었다. 고빈다는 떠나려고 허리를 굽혀 인사했다.

"자네가 갖고 있는 사상의 일부를 말해주어 고맙네. 다만 그 사상이 다소 의심스러운 점이 있어 얼른 이해가 가지 않네. 어쨌든 고맙네. 잘 있게!"

그러면서 고빈다는 마음 한편으로 이렇게 생각했다.

'싯다르타는 이상한 사상을 갖고 있다. 붓다의 가르침에는 이상하거나 어리석거나 우스운 것은 없었다. 싯다르타 역시 손과 발과 눈, 이마, 호흡, 미소, 걸음걸이, 인사하는 태도 등은 전혀 이상하지 않았다. 고타마가 입적하신 뒤로 '이분이 성자다!' 하고 생각할 만한 분을 만나보지 못했는데, 싯다르타에게서 그런 것을 느꼈다. 그의 사상은 다소 이상하고 그의 말은 좀 어리석게 들리지만, 그의 눈동자와 손, 피부, 머리 등 모든 면에서 우리 스승이 돌아가신 뒤로는 아무에게도 찾아볼 수 없었던 순결과 안식의 빛을 발견할 수 있다. 그의 온몸은 명랑하고 거룩한 빛을 발산하고 있다.'

고빈다는 마음속에 모순을 느끼면서도 조용히 앉아 있는 싯다르타에게 다시 한 번 공손히 인사했다. 그의 사랑에 이

끌린 것이다.

"싯다르타! 우리는 늙은이가 다 되었네. 살아 있는 동안 다시 만나기는 어려울 거야. 자네는 마음의 평화를 찾은 것 같아. 나는 아직이네. 내가 알아들을 수 있는 말을 한마디만 더 해주게. 나그넷길에 이로울 말이 없겠나? 앞길은 외롭고 캄캄하기만 해."

싯다르타는 침묵했다. 고요히 웃음을 머금고 고빈다를 쳐다보았다. 고빈다는 불안과 동경이 엇갈린 표정으로 싯다르타를 응시했다. 고빈다의 눈동자에는 영원히 구할 길 없는 번뇌와 갈망이 서려 있었다. 싯다르타가 다시 빙그레 웃었다.

"내게 몸을 숙여 보게나."

싯다르타는 그의 귀에 입을 대고 속삭였다.

"좀 더 가까이. 내 이마에 입을 맞춰 주게나!"

고빈다는 의아해 하면서도 호기심에 끌리어 가까이 몸을 굽혀 이마에 입을 맞추었다. 순간 이상한 일이 일어났다. 머리에서는 아직도 싯다르타의 말이 떠나지 않고, 시간을 초월해 열반과 윤회를 하나로 생각하려고 부질없이 애쓰고 있을 뿐만 아니라 그의 말에 대한 경멸과 그에 대한 사랑과 존경심이 엇갈려 싸우고 있는데 실로 이상한 일이 일어난 것이다.

싯다르타의 얼굴은 온데간데없고 다른 사람들의 얼굴이 나타났다. 얼굴의 긴 행렬이 강을 이루어 수백 수천의 얼굴이 나타났다. 그 많은 얼굴은 있는가 하면 없어지고, 없어지는가 하면 다시 나타나 새로운 얼굴이 되었다. 그 모든 얼굴은 틀림없이 싯다르타의 얼굴이었다.

그는 잉어의 얼굴을 보았다. 막 죽어 가는 그 얼굴은 무척 괴로운 듯이 입이 벌어지고 눈은 풀려 있었다. 방금 태어나 쭈글쭈글한 얼굴로 울고 있는 아기의 얼굴도 보았다. 단도로 사람의 배를 찌르는 살인자의 얼굴도 보았다. 살인자는 꽁꽁 묶인 채 꿇어 앉더니 망나니의 칼에 목이 달아나고 말았다. 격렬하게 성교하고 있는 벌거벗은 남녀의 육체도, 팔다리를 뻗고 누워 있는 싸늘한 시체도, 수퇘지와 새들의 머리도 보았다. 또한 신들도 보았다. 크리슈나와 아그니 신이었다.

이 모든 얼굴과 형체들은 서로 수만 가지 형태로 얽혀져 저마다 다른 얼굴과 형체를 돕기도 하고, 사랑하기도 하며 미워하기도 하고 파괴하기도 하며 새로 남기도 하고 죽어가기도 하는 허망한 세계에서 지독한 시달림을 받고 있었다.

그러나 그들은 하나도 죽지 않고 형체가 변모되어 갈 뿐, 계속 거듭나 새로운 형태를 취하고 있었다. 그렇다고 한 형체와 다른 형체 사이의 변모에 시간이 걸리는 것도 아니었다. 모든 것은 동시에 이루어졌다. 이 모든 형체와 얼굴은 쉬기도 하고 생각하기도 하고 헤엄치기도 하며 서로 엉키어 흐르고 있었다.

그러나 그 모든 것 위에 엷고 가벼운 무엇이 덮여 있었다. 그것은 엷은 유리 같기도 하고 얼음 같기도 하며, 투명한 막 같기도 하고 물로 만든 가면 같기도 했다. 그 가면은 웃고 있었다. 그런데 그 가면은 싯다르타의 웃는 얼굴이었다. 고빈다가 바로 그 순간에 입을 맞추고 있던 싯다르타의 얼굴이었다.

고빈다는 보았다. 떠도는 무수한 형체 위에 일관된 수천의 미소를. 삶과 죽음을 초월한 동시성의 미소와 가면의 웃음을. 싯다르타의 웃음은 고타마의 웃음이었다. 자기가 무한히 존경하며 우러러보던, 조용하고 명랑하며 헤아릴 수 없이 자비롭기도 하고 비웃는 것 같기도 한 현명한 붓다의 수천 가지 웃음이었다.

고빈다는 인격이 완성된 자는 틀림없이 미소를 짓는다는 사실을 깨닫게 되었다. 지금은 시간이 있는지 없는지 알지 못하고, 이 관찰이 순간적인 일이었는지 백 년간의 일이었는지도 알지 못한다. 그것이 싯다르타인지 고타마인지도 모르며 거기에 내가 있는지 네가 있는지도 모르고 신의 화살에 가슴을 맞고도 아프지 않고 달콤한 사람처럼 마음이 황홀하게 해탈된 고빈다는 잠시 그대로 서서 싯다르타의 고요한 얼굴을 굽어보고 있었다.

방금 입을 맞춘, 모든 형체와 생성과 존재의 무대이던 고요한 얼굴, 천태만상의 막이 표면에서 사라지자 얼굴은 다시 전과 같았다. 싯다르타가 붓다처럼 웃었다.

고빈다는 허리를 굽혀 싯다르타에게 절을 했다. 두 눈에서 눈물이 흘러내렸다. 노쇠한 얼굴에는 가장 깊은 사랑과 충성심에서 우러나오는 겸허한 존경의 감정이 불타고 있었다. 그는 잠자코 앉아 있는 싯다르타에게 이마가 땅에 닿도록 허리를 굽혔다. 싯다르타의 웃음은 고빈다에게 그의 생애에서 거룩하게 생각해 오던 모든 것을 떠오르게 해주었다.